VICTORY NOVELS

新生最強戦艦「大和」

❶超弩級艦、進撃!

林 譲治

電波社

この作品はフィクションであり、登場する国家、団体、人物などは、
現実の国家、団体、人物とは一切関係ありません。

新生最強戦艦「大和」(1)
超弩級艦、進撃！

——もくじ

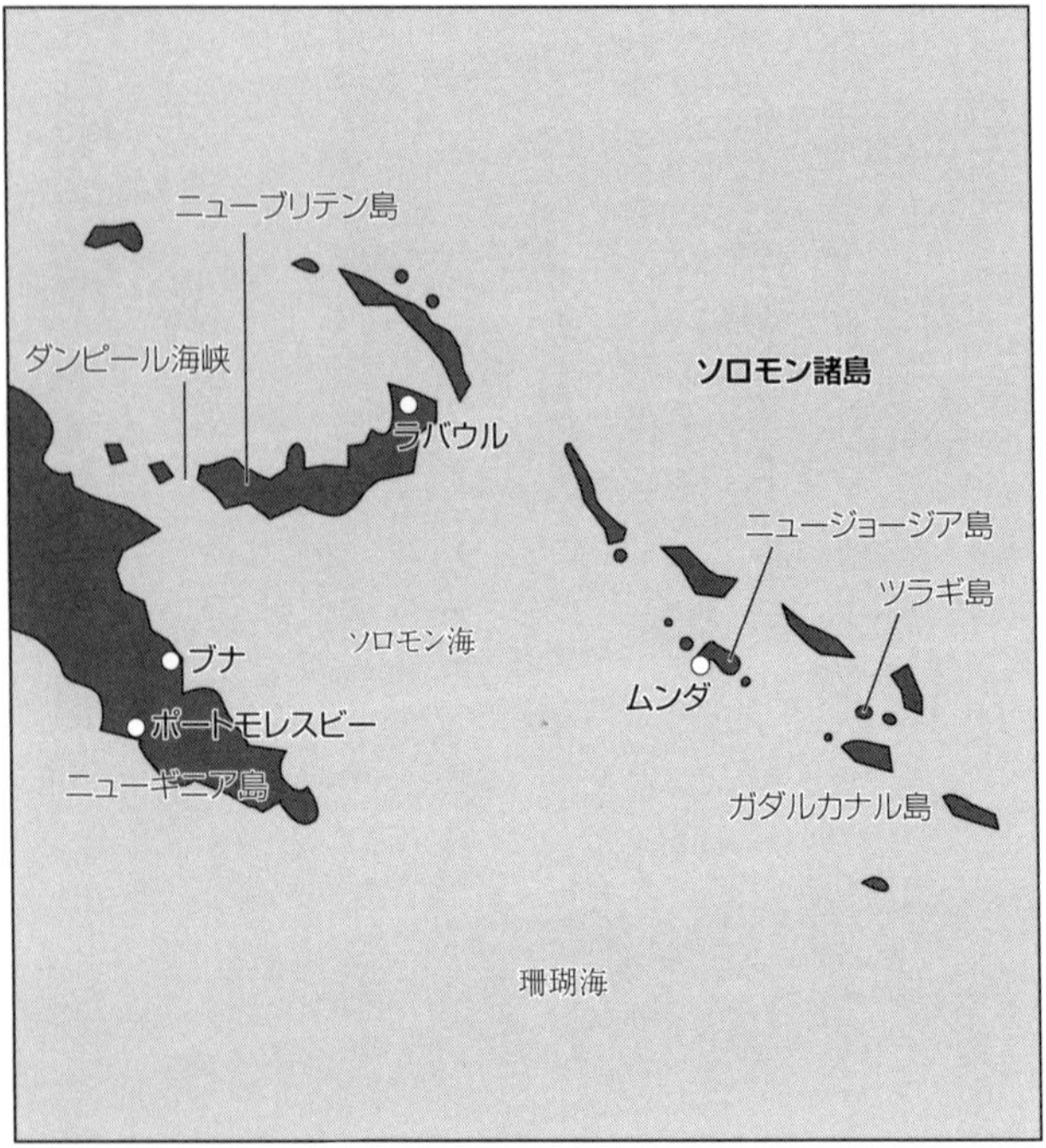

ニューブリテン島
ダンピール海峡
ソロモン諸島
ラバウル
ニュージョージア島
ツラギ島
ソロモン海
ブナ
ムンダ
ポートモレスビー
ニューギニア島
ガダルカナル島
珊瑚海

プロローグ　作戦始動！

一九四二年六月五日、午前二時五三分。サンド島のレーダー基地は、自分たちに向かってくる多数の航空機を発見した。

「敵戦爆連合発見、方位三一〇度、距離九三浬（約一七二キロ）！」

レーダーによる発見は即座にミッドウェー島全域へ通知され、島内にはサイレンが鳴り響いた。

この時、ミッドウェー島には海軍航空隊、海兵隊航空隊、陸軍航空隊が進出していた。その関係で、ミッドウェー島には陸海軍機が混在している。

日本軍機襲来の報で、最初に出撃したのは戦闘機隊であった。F2A、F4Fなど総勢三〇機あまりの迎撃隊が、ミッドウェー島から五五キロほど離れた配備点に向かい、日本軍迎撃に備える。

これらに続き、B26マローダ爆撃機、TBFアベンジャー雷撃機、SB2Uビンディケーター、SBDドーントレスなどの攻撃機が発進すると、イースタン島の東方四〇キロの空域に待機する。

日本軍機が帰還した場合、その後をつけて日本軍空母部隊を襲撃するためである。結果的にミッドウェー島では、故障機以外はすべての航空機が迎撃か待機のために出撃していた。

決定的なこと。それは奇襲を意図した日本海軍第一航空艦隊の攻撃隊は、この事実を知らなかった。

ミッドウェー島への攻撃隊は、空母飛龍《ひりゅう》の飛行隊長友永丈市《ともながじょういち》大尉指揮下の一〇八機であった。

機動部隊は六月五日の午前一時三〇分、ミッドウェー島の北西四〇〇キロの地点に到達していた。南雲忠一《なぐもちゅういち》司令長官は出撃を命じ、すでに出撃準備を終えていた四隻の空母からは順次、一〇八機が出撃した。

一〇八機の内訳は、制空戦闘機隊三六機、急降下爆撃隊三六機、水平爆撃隊三六機である。

一〇八機の攻撃隊は命令から一五分後の一時四五分には集合を終え、時速一二五ノット（約二三〇キロ）でミッドウェー島へ針路をとった。

この時、南雲司令長官は一段索敵しか行わなかった。しかも、いくつかの偵察機は機器の故障により出撃が遅れるという失態も生じていた。

しかし、このことをさほど重視する人間は第一航空艦隊の中にはいなかった。

これは後に明らかになる問題だが、真珠湾方面を偵察するはずの潜水艦部隊の運用に問題があり、いくつかの哨戒線において期日通りの配置につけなかった潜水艦が多数存在したのだ。

だが、この事実を第一航空艦隊は知らず、潜水艦は計画通り配置についたと考えていた。結果として、真珠湾からミッドウェー島方面に向かう米空母は察知されなかった。

現実には、到着に遅れた潜水艦が位置につく前に、空母部隊は当該海域を通過していた。

それでも飛行艇による真珠湾偵察が実行できていたら、そこに空母が在泊していないことで、第一航空艦隊も警戒をしていたかもしれない。

だが、フレンチフリゲート礁から飛び立つはずの飛行艇は、同環礁に米海軍の哨戒艇が存在しているため、そこを活用できず、偵察は実行できなかった。

つまり、現実には米空母部隊がミッドウェー島に向かっていたにも関わらず、たび重なる索敵失敗でその事実を知ることができなかったのだ。

とはいえ、第一航空艦隊が失敗を失敗と把握していたならば、南雲司令長官にも対処する方法はあっただろう。第一航空艦隊や支援部隊が索敵を強化することは十分に可能であった。

しかし、あいにくと南雲司令長官は、失敗したとの報告もない中で米空母部隊はミッドウェー島の占領後に出撃するものと信じていた。

だから、この一段索敵も念のために行っただけで、本音を言えば、なくてもいいくらいにしか必要性を感じていなかった。

第一次攻撃隊の出撃後、南雲司令長官は格納庫内で第二次攻撃隊の準備を命令していた。

艦攻には航空魚雷を、艦爆には艦艇攻撃用の爆弾を用意させた。これは先の「周辺に敵艦隊はいないはず」という手薄な索敵とは矛盾するようだが、南雲司令長官の中で矛盾はない。

第二次攻撃では対艦攻撃を準備するというのは、連合艦隊の命令による既定の処置だった。つまり、索敵の判断は判断として、彼はあくまでも第二次攻撃隊の準備は組織人として規則に従っただけなのだ。

組織人としての命令への忠実さと、軍人としての判断力の交点として彼は、対艦兵装を準備させつつも、周辺に敵艦隊がいないことを確認したら、それらを陸用爆弾に換装することを考えていた。だからこそ飛行甲板に航空機を出さず、作業は格納庫で行わせたのだ。

これら第二次攻撃隊は艦攻四三機、艦爆三六機、戦闘機三六機であった。ただ、各空母より零戦三機が上空警戒に出ていたため、実質的に戦闘機は二四機であった。

南雲司令長官は、第一次攻撃隊が出撃した五〇分後に「状況に変化なかりせば、第二次攻撃隊はミッドウェー島を指向せる予定なり」と予令を発した。

索敵機からも第一次攻撃隊からも、異変を知らせる報告はない。

飛行科の兵器員たちにとっては複雑な心境であった。状況に変化がなかったら、対艦用の魚雷を爆弾に積み直さねばならないからだ。

それから一〇分後、ミッドウェー島から発進したカタリナ飛行艇が第一航空艦隊と接触した。ちょうど雲が切れ、海上を太陽光が照らしていたタイミングであり、飛行艇にとっては絶好の状況であった。

空母や護衛艦艇は高角砲により、すぐさま飛行艇を砲撃し、さらに一二機の零戦隊がそれを撃墜しようと動いた。

しかし、空母四隻を擁する艦隊を一二機ばかりの戦闘機で万全の警戒を行うというのは、そもそもも無理な話である。一二機の零戦が艦隊の警護にあたっていたと言っても、実際に追撃できたのは一機のみだった。

これはこの時期の零戦搭乗員が、海軍航空隊の中でもトップクラスの技量を持っていたためでもある。

「零戦一機は米戦闘機の三機分に相当する」

そんな話が信じられており、また熟練者の中には、それを証明するものも確かにいた。

だから、愚鈍な飛行艇を撃墜するのに零戦一機で十分という考えは、それほど特別な発想ではなかった。それにほかの戦闘機の搭乗員は、自分の部署を守らねばならない。飛行艇を相手にするのは、だから零戦一機だけだった。

一方、追われる側の飛行艇は必死である。

なによりも自分たちが発見した空母部隊の位置を打電しなければならない。さらに島に戻って、敵空母を攻撃する戦力になることも彼らは考えていた。

零戦の搭乗員に気の緩みがあったわけではないが、片方は撃墜する側、片方は撃墜される側ともなれば、真剣さが違うのは避けがたい。

飛行艇は技量のすべてを駆使して、零戦を振り払おうとした。そしてある意味、飛行艇の愚鈍さが幸いした。

いざとなれば海面に着水できる飛行艇は、戦闘機に勝る速度は出せないものの、戦闘機が失速するような低速は出せた。

そしてカタリナ飛行艇は、この極端な速度差を駆使した回避策で零戦の攻撃をかわし、ついに雲の中に隠れることに成功した。飛行艇は逃げおおせた。

もっとも、これには零戦側が比較的早期に攻撃を切り上げたという側面もある。位置が露呈した以上は、敵襲も考えねばならない。ならば攻撃機の来航に備え、燃料補給を行う必要があるという考えだ。

飛行艇で軍艦は沈まない。だから深追いする意味もない。

しかし、状況は第一航空艦隊が思っている以上に深刻であった。まず別のカタリナ飛行艇が第一次攻撃隊に遭遇し、そのことを打電する。

「敵戦爆連合接近中、数は一〇〇機前後。戦闘機は三〇ないし四〇機、方位三二〇度、距離一五〇浬（約二八〇キロ）」

これによりミッドウェー島の守備隊と迎撃戦闘機隊は、日本軍航空隊の位置と編制を知った。

それでも第一航空艦隊より出撃した第一次攻撃隊は順調に前進して行く。

三時一五分には航空隊の眼前に、白波が打ちつけるミッドウェー島の姿が見えてきた。

そして三時一七分、第一次攻撃隊の指揮官である友永大尉は「突撃準備隊形ツクレ」を下命する。

ところが、まさにその時、艦攻隊の前面に待ち伏せていた迎撃戦闘機隊のＦ４Ｆ戦闘機とバッファロー戦闘機が躍り出る。

零戦隊もそれを発見したが、間に合わず二機の艦攻が撃墜されてしまう。

攻撃機二機を撃墜し、迎撃戦闘機隊は有利に戦況を展開できるかと思われた。しかし、そうはならなかった。

三〇機足らずの迎撃戦闘機隊、それらは性能で零戦に劣り、さらに数でも劣っていた。

たちまち乱戦となり、Ｆ４Ｆ戦闘機やバッファロー戦闘機は撃墜されていく。

状況は、一見すると第一航空艦隊の圧倒的な優位に見えた。しかし、戦闘はまだ始まったばかりだった。

第1章　第二次攻撃の要あり

1

制空隊の奮戦により第一航空艦隊第一次攻撃隊の攻撃機は、邪魔らしい邪魔をされることなく前進を続けた。

三時三四分には、まず艦攻隊が北方から爆撃進路に入り、高度三四〇〇メートルでサンド島上空にあった。すぐに三機の艦攻が八〇〇キロ陸用爆弾を投下し、三基の燃料タンクに命中し、それを爆発炎上させた。

この燃料タンクはその後も二日間にわたり燃え続けるが、これは予想外の結果を招いていた。燃料タンクの黒煙が島全体を覆い、それが爾後《じご》の攻撃にマイナスに働いた。

さらに、六機の艦攻がサンド島の高射砲陣地を攻撃したが一部を破壊しただけで、逆に一機の艦攻が撃墜された。

その後もサンド島への攻撃は続き、滑走路などが破壊されたが打撃は限定的と思われた。

一方、イースタン島に向かった攻撃隊も滑走路や格納庫の破壊に成功した。

艦攻隊の襲撃後、艦爆隊の攻撃が続く。艦爆隊は発電所や宿舎など多くの地上施設を破壊した。

だが、それと引き換えに高角砲や機銃による攻撃隊への損害も少なくない。

撃墜された機体は四機であったが、多数の被弾機を生み出していた。戦闘全体で一一機が撃墜され、被弾機も二七機を数えた。

総指揮官の友永大尉は戦果に満足できなかった。滑走路の破壊も不十分であり、なにより対空火器陣地はほぼ無傷であった。

彼は攻撃成果を報告するとともに「第二次攻撃の要あり」と打電する。

攻撃開始から一時間以上経過した四時のことであった。そして第一次攻撃隊は集結し、四時二〇分、帰途についた。

2

第二次攻撃隊の出撃準備をしていた第一航空艦隊は、敵艦隊の出現に備えた準備をしていたが、索敵機からの報告は何もなかった。

こうした状況から南雲司令長官は四時一五分、兵装転換を命じた。第二次攻撃の必要があるとなれば、陸上への攻撃にならざるを得ない。

艦爆の二五〇キロ爆弾の交換は、まだそれほどの手間ではなかったが、艦攻に装備した航空魚雷を爆弾に換装するのはなかなか難しい。

しかも一機や二機ではなく、艦攻隊でまるごと取り替えねばならないのだ。そのための兵装転換は、艦爆ほど容易ではなかった。

艦攻一機の交換時間が五分程度でも、全体を交換するには最低でも一時間半は必要であった。

こうした作業中にミッドウェー島からの第二波の攻撃が行われた。

これは第一航空艦隊の攻撃を察知し、退避していた攻撃機によるものだった。ただし、ミッドウェー島の攻撃隊は数こそ揃えたものの、陸海軍航空隊が同居している状態で、しかも機種もまちまちである。

結果としてミッドウェー島からの攻撃機は、ことごとく零戦によって迎撃され撃墜されるか、爆撃に失敗して終わった。

時に四時五五分から三〇分足らずの出来事であった。この第二次攻撃は、攻撃作戦としてはなんらの成果を出すに至らなかったが、敵味方ともに予想もしていなかった影響を与えていた。

まず、第二次攻撃が行われていた時、索敵を担当していた重巡利根《とね》の水偵四号機からの報告が三〇分以上も遅れて入っていたのである。

「敵ラシキモノ一〇隻　見ユ　ミッドウェーヨリ方位一〇度　距離二四〇浬　針路一五〇度　速力二〇ノット　以上　〇四二八」

敵襲により、通信科も迎撃戦闘を優先したために利根の報告が遅れたことと、水偵側もよもや第一航空艦隊が襲撃されているなどとは思ってもいなかったため、特に緊急電などと指定しなくても、すぐ南雲長官に報告されると思い込んでいた結果である。

ともかく、この報告は遅れて報告された。これは致命的な遅れだった。

まず、敵艦隊の艦種など重要なことがまるで記されていない。この状況では、敵空母がいるかどうかは決定的に重要なことだが、それについて何も触れていないのでは、ないほうがましくらいの報告だ。

すぐに司令部より「艦種知らせ！」の命令が再度なされた。報告が適切で、受信後すぐ司令部に届けられていたら、以後の状況はかなり変わっていただろう。

艦隊が存在することがわかっていれば、兵装転換は始まったばかりであり、すぐに出撃できたのだ。

「敵兵力ハ　巡洋艦五隻　駆逐艦五隻ナリ

○五○九」

二度目の報告はすぐに届いたが、第一航空艦隊司令部をかえって困惑させた。

「空母を伴わない艦隊が何を目的に、そんな場所で活動しているというのだ？」

この状況で、意味もなく敵部隊が移動しているとは思えない。巡洋艦五隻といえば、かなりの戦力だ。特に真珠湾作戦以降のアメリカ海軍にとっては貴重な戦力である。

それが、これだけの空母部隊の前に不用意に飛び出してくるわけがないではないか？

「ともかく空母がいない以上、ミッドウェーの攻撃を優先すべし」

この段階で、第一航空艦隊の上空は敵襲と空母への帰還機が到着したことで混乱状態にあった。

これら帰還機の戦闘機隊が敵航空隊を撃墜するなど戦闘は激しかった。

それだけに「次をどうする?」という問いは重かったのだ。とりあえず敵の攻撃隊は撃退し、方針も定まったかと思われた五時半頃、彼らは驚くべき報告を受けた。

「敵艦隊ノ後方ニ空母一隻ヲ認ム　〇五二〇」

これは決定的な報告となった。南雲司令長官は即座にこれらの部隊への攻撃を決定し、再度の兵装交換を命じた。

最初の段階で利根の四号機が適切な偵察を行い、空母の存在を知らせることは、ほぼ一時間前に可能だった。そうであったなら、兵装交換など必要なかった。

ここで南雲司令長官には二つの選択肢があった。不完全の編成でも、とりあえず飛べる攻撃隊だけ出して、魚雷などの兵装転換は後にする。

もう一つは兵装転換を完璧に行い、万全の態勢で攻撃に臨むという選択肢だ。

前者を強く主張したのが第二航空戦隊の山口《やまぐち》多聞《たもん》司令官、後者を強く主張したのが源田《げんだ》実《みのる》参謀だった。

「第二航空戦隊は出撃可能な部隊で敵艦隊を攻撃せよ」

この時、二航戦から出撃可能なのは、艦爆三六機と零戦一五機であった。総勢五一機。

一方で、一航戦からの出撃機はなかった。南雲のこの時の采配は、軍人としてよりも組織管理者としてであった。

山口司令官と源田参謀のどちらの意見を採用してもバランスがよくない。両者のバランスを取るなら、二航戦だけ出撃させ、一航戦は完全にするという形になる。

南雲的には、二航戦が飛行甲板を破壊し、一航戦が魚雷で仕留《しと》めるというシナリオに矛盾はなかった。

ただ、実際には山口司令官も源田参謀も、南雲司令長官の采配《さいはい》は決断力を欠くという印象を受けていた。

しかし、いずれにせよ、敵空母への攻撃は始まった。

3

ミッドウェー海戦は第一航空艦隊こそ脚光を浴びていたが、参加した艦艇は連合艦隊の主要艦艇を総動員した規模であった。それは平時の連合艦隊が消費する燃料を、この作戦のために使い切ったと言われるほどであった。

第一航空艦隊の後方を主隊が移動していたが、本隊である第一戦隊だけでも戦艦大和《やまと》を旗艦として、戦艦長門《ながと》と陸奥《むつ》の三隻の戦艦が含まれていた。このほかに警戒隊の水雷戦隊や上空警護のための空母鳳翔《ほうしょう》も含まれていた。

これだけの規模の艦隊ながら、この主隊の役割は不明確であった。作戦の目的は敵空母の撃破であるわけだが、それは第一航空艦隊が行う。

そしてミッドウェー島への上陸は、陸軍将兵を乗せた攻略隊が担当する。主隊の目的は第一航空艦隊の支援となっていたが、できることと言えば、せいぜい残敵掃討くらいだろう。

しかも、作戦部隊はすべて厳重な無線封鎖を行っていたため、指揮統制の面でも問題を抱えていた。これは、通常なら連合艦隊参謀らにも理解できたことだ。

それなのにこの主隊の存在意義の希薄さが問題にならないのは、連合艦隊の考えとしては、すべてが第一航空艦隊だけで完結するという認識があった。

つまり主隊の意識としては、自分たちが直接矛《ほこ》を交えることはないだろうというものがあった。言い方を換えれば、自分たちは後方にいるとなろう。情報共有がないのもそのためと言えよう。

しかし、ここで作戦前にはほとんどの人間が無視していた問題が起こっていた。それはミッドウェー島攻撃の前日、六月四日のことだった。

旗艦である戦艦大和には連合艦隊敵信班が乗り込んでいた。敵信班とは簡単に言えば、敵の暗号通信を解読するための部署だ。

敵信班の班長が血相を変えて、山本五十六《やまもといそろく》司令長官に報告に現れた。

「ミッドウェー島周辺での敵軍の通信を傍受し、解読しておりますが、敵空母と思われる呼出符号を確認しました。

残念ながら通信内容までは解読できておりませんが、敵艦船や部隊の符号については、かなり明らかにできています」

「空母に間違いないのか」

山本司令長官が質《ただ》す。そこがもっとも重要な問題だ。

「一〇〇パーセントかと問われるなら、一〇〇パーセントとは言えませんが、小職の首をかけられる程度の信頼性はあります」

「わかった。ありがとう」

山本司令長官は敵信班の報告を意外とは思わなかった。そもそも敵艦隊をおびき寄せるためのミッドウェー島攻略であり、空母部隊が現れてもおかしくはない。

さらにクェゼリンの第六艦隊の敵信班からも、ミッドウェー島の北北西に空母部隊らしき通信を傍受したとの連絡が、この少し前にもたらされていた。

情報そのものは「敵空母部隊が策動している可能性がある」程度のものだった。

実はこの時も、大和から第一航空艦隊へ転電すべきではないかという意見があった。しかし、通信文の宛先には空母赤城《あかぎ》も含まれており、その必要はないと判断された。

ところが、不可解なことに空母赤城では、この通信はまったく受信されていなかった。これに限らず、後に明らかになるが、重要な通信のいくつかを赤城では傍受できていなかった。

とはいえ、こうした事実が連合艦隊に理解されるのは後日のことであり、この時点では連合艦隊司令部内は第一航空艦隊とすべての情報が共有されていると思われていた。

ただ、山本司令長官は自分たちの敵信班の分析結果について、すぐに第一航空艦隊に伝達すべきではないかと参謀らに告げた。

しかし、それは命令ではなかったため、参謀らの間で意見が割れた。つまり、艦隊は無線封鎖中であり、不用意に電波を出すべきではないという意見が意外に多かったためだ。

「このことを本当に第一航空艦隊に連絡しなくていいのか」

宇垣纏《うがきまとめ》参謀長の問いに和田《わだ》通信参謀は答える。

「第一航空艦隊は本隊よりミッドウェー島に近く、赤城にも優秀な敵信班が乗っている。我々が傍受できたものは彼らも傍受できているはずです。

ですから、我々から第一航空艦隊に通知する必要があるとは思えません。むしろ我々からの不用意な電波送信は控えるべきではないでしょうか」

多くの幕僚がその意見を支持した。山本司令長官自身も、あえて通知せよと重ねて言うことはなかった。

だが、山本司令長官は別の指示を出した。

「戦艦大和と駆逐艦四隻を伴い、ミッドウェー島に向けて前進せよ」

本隊は現状のまま前進し、大和と護衛艦艇若干だけが先行するというのである。

「仮に敵空母が存在するとする。第一航空艦隊が敵空母の存在に気がついていなかった場合、第一航空艦隊は敵空母の奇襲を受ける可能性がある。

であるなら、大和が先行することで、第一航空艦隊への圧力を大和が吸収することができる」

「しかし、それでは大和が危険になるのでは？」

宇垣参謀長の言葉に、山本長官は仕方がないなというように肩をすくめる。

「大和は不沈戦艦である。そうそう簡単に敵空母部隊では沈められん。それより敵空母部隊が大和に殺到するならば、第一航空艦隊の戦闘機がそれらを撃墜できるではないか。我々は友軍航空隊の近くに向かうのだ」

「つまり、敵が第一航空艦隊より先に大和を発見したならば、第一航空艦隊は敵空母部隊を攻撃できる。そうして第一航空艦隊の安全は確保され、敵空母部隊を弱体化できると？」

「そういうことだ、参謀長」

「しかし、敵部隊が空母を先に発見したとしたら、どうします？」

宇垣参謀長の再度の意見にも山本長官は動じない。

「ならば、敵は大和の存在を知らぬ。そのまま接近し、敵空母そのものに砲撃を仕掛ける。そうなれば敵も大和の存在に気がつく。ならば、ここからの展開は先ほどと同じになる」

宇垣にしても、これで納得したわけではなかった。ただ彼に限らず、その場の幕僚らは山本の決心が固いことだけはわかった。

こうして戦艦大和は第一航空艦隊も知らない間に増速し、ミッドウェー島に接近していた。ここで注意すべきは、山本が長門と陸奥を分離したことだ。

山本は、同じ戦艦でも長門と陸奥は航空攻撃で沈むかもしれないと考えていた。これはマレー沖海戦において、戦艦プリンス・オブ・ウェールズが陸攻隊により撃沈された経験による。

それよりも設計が古い長門と陸奥は、航空機による攻撃に弱いと判断されたのだ。航空機と戦うなら、不沈戦艦大和しかない。それが山本の計算である。

こうして戦艦大和は第一航空艦隊とは別に前進

して行く。そして六月五日の朝まで、なにものもその存在には気がつかなかった。

4

ミッドウェー島防衛のためにハワイの第七陸軍航空部隊に急遽、動員されたＢ17爆撃機隊は一九機を数えた。それらはレーダーで日本軍の接近を察知すると離陸して敵襲を避け、敵空母部隊への反撃を試みるべく位置についていた。

その中の一機、ワイルドメイズは必ずしも幸運な機体とは言えなかった。

本来なら彼らはハワイで訓練を続けるはずが、ミッドウェー島に移動予定のＢ17爆撃機が、些細な事故により機体と乗員が負傷。計画になかったワイルドメイズが送られることとなったのだ。

最初、彼らが残される側だったのは、訓練が十分に終わっていなかったためだ。

機長以下の搭乗員たちも、青年というより少年に近い。むしろ、この若者たちがこの巨人機を操縦できることこそ奇跡に近いと思わせるほどだ。

しかし、ミッドウェー島の危機は差し迫っており、急ぎ向かうこととなった。

それだけなら彼らが海戦史に名を残すことはなかっただろう。ハワイからミッドウェー島に飛ぶ。それだけのことだ。

だが出撃時期の関係で、彼らにはもう一つの命令が下された。すでに彼らは三〇分前にハワイを飛び立っていた。

「貴官らの爆撃機はミッドウェー島への航路の途

中で、日本軍船団と接触する公算が高い。それらに対して爆撃を敢行せよ」

ミッドウェー島を占領するための上陸部隊を乗せた日本軍の船団が移動中で、それらに対する攻撃を行えというわけだ。

命令を受けた通信士のジャクソンは首を傾げながら、ネズビット機長にそれを伝える。

「機長、日本船団を攻撃しろって命令ですぜ。本気ですかね」

ネズビットはジャクソンから画板を受け取り、通信文に目を通す。

「ジャックソン、僚機と合流せよとか、そういう命令はないのか」

「ありません。だいたい出撃準備をしていたのは俺たちだけじゃないですか」

「そうだな……」

ハワイを出撃したB17爆撃機は自分たちだけで僚機はない。先発隊ははるか前に移動しているので、合流は現実的ではない。

つまり状況を判断すると、僚機はなく、ワイルドメイズ単独で敵船団を攻撃しろということになる。しかし、それはどこまで意味のある命令なのか、ネズビット機長には疑問だった。

敵船団の状況はわからないが、島一つ占領するからには一〇隻やそこいらの船舶はあるだろう。それに対して、たった一機のB17爆撃機で何をしようというのか？

いかにB17爆撃機が空の要塞と言われようと、一機で船団にできることは限られる。

「あれじゃないですか」

副操縦士のイーデンが口を開く。

「我々が敵船団を襲撃すれば、敵空母部隊は護衛戦力を出さねばならなくなる。それで敵の航空戦力を分断するとか」

「敵戦力の分断か……」

ネズビット機長はイーデンの説を妥当なものと考えた。ただ、問題が一つある。

ハワイからミッドウェー島に向かう関係で、ワイルドメイズは丸腰ではなかったが、爆弾搭載量は最低水準になっていた。具体的には一〇〇〇ポンド爆弾が一発だ。

敵船団に対して自分たちが十分に脅威となるためには、そのたった一発の爆弾を命中させる必要があった。一発の一〇〇〇ポンド爆弾でも、商船一隻に致命傷を与えられる。それだけ脅威となれるわけだ。

「フォスター、どうだ？　敵船団に命中させられるか」

フォスターはワイルドメイズの爆撃手だ。

「やってみなければわかりませんよ、そんなこと」

フォスターは身も蓋もないことを言う。

「だいたい先発隊もそうですけど、僕ら、哨戒飛行の訓練は受けてますけど、対艦攻撃訓練なんて受けてないじゃないですか」

「無理だと言うのか」

「無理だなんて言ってませんよ。最善は尽くします。それより機長も協力していただけますか」

「爆撃の協力か？　もちろんするが」

「なら、敵艦の後ろから直上を通るように飛行してください。まぁ、風向きで調整は必要ですけど、原理としては敵の後ろからです。それが一番命中確率が高い」

ネズビットが爆撃照準にやや悲観的なのは、上からの命令でノルデン照準器を降ろしているためだ。

軍の最高機密なので敵の手に渡る可能性がある場合は降ろせということらしいが、状況を考えるなら、司令部は自分たちが日本軍に撃墜されることも織り込み済みということらしい。

危機管理としてそれは正当な発想ではあろうが、現実に任務に向かう側としてはいい気持ちはしない。

ネズビットは、しかし怒りはしない。客観的に見れば、そう判断されても仕方がない。

まず、自分たちには戦闘経験がほぼない。哨戒訓練で敵潜水艦を発見したことがある程度だ。そんなチームの実力を判定しろと言われても、上としても判断はできまい。

いや、自分たちの実力を知りたいのはネズビット機長自身である。自分たちは仕上がっていると思っている。だからこそ、増援で出されたのだろう。

しかし、実際のところ実力がどうであるのかは、戦ってみなければわからない。敵に勝つばかりが勝敗じゃない。それよりも、まず生還すること。それこそが重要だ。

ヨーロッパでは空の要塞といえども撃墜されるし、撃墜されなくても対空砲火や戦闘機により多数の死傷者が出ている。

嘘か本当か知らないが、イギリスでは爆撃機の搭乗員は一〇回出撃して、一〇回とも生還したら、現場を離れる許可がもらえるという。

一〇回生還するというのは、誰でもできそうな気がするが、実際はそうではない。九〇パーセントの確率で生還できるとしても、それが一〇回続く確率は三五パーセントに過ぎない。

そして、一〇回の中で一度でも撃墜があれば、ゲームはそこで終了だ。だから一〇回生還とは、言うほど簡単ではない。

それでもそうした不安は、現場に接近するにつれて薄れていった。

すでに日米は交戦状態にあり、多くの友軍機が犠牲となっている。ミッドウェー島も攻撃されているが、対する日本艦隊は無傷である。

「おい、カニンガム！　本当にこの航路でいいのか！」

副操縦士のイーデンが航法士のカニンガムにかける言葉も厳しくなる。なぜなら敵船団と遭遇してしかるべきなのに、その姿はまったく見られないからだ。

「航法に間違いない！　司令部の報告通りなら、もう発見できているはずだ」

「なら、敵船団は退避したんだ！」

ネズビット機長はそう結論した。

船団指揮官の立場で考えればわかる。米軍の索敵機に発見されれば攻撃を予想して針路を変えるのは当たり前だ。

「燃料だって、そう余裕はない。敵船団がいないなら、このままミッドウェー島に向かう！　司令部にはそう報告しろ！」

ところが、意外なことに司令部は周辺の捜索を続けるよう命じてきた。燃料の限界まで捜索せよと言う。

「間違いないよな？」

ネズビット機長はジャクソン通信士にたたみかけるように確認する。

「間違いありません。周辺部を捜索せよです。司令部の連中は、敵に爆弾の一つもお見舞いしないと気がすまないようです」

通信士の言い方はふざけていたが、機長には意味がわかる。ともかく敵に対して航空脅威を印象づけねば、ミッドウェー島への圧力を軽減できない。

一発の爆弾で敵商船が撃沈されれば、敵船団も空母へ支援を仰ぐことになる。それだけミッドウェー島の状況は厳しいということだろう。

「カニンガム！　最大限燃料をもたせる航路を設定しろ！」

「敵に遭遇しようがしまいが、爆弾は投下してください。それで経済速度で最短距離を行けば、ミッドウェー島までたどり着けます。最悪でも島が見えるところに着水できます」

「行けるってことか……なら行くか」

ネズビット機長はそう決心する。結局のところ、自分たちがここにいるのも危険を冒すためではないか。

カニンガムは最後の敵船団の報告から、当初の進路では発見できなかったことを加味して針路を予測する。

「本機の視界の中にいないとなれば、最低でも半径一〇〇キロより外側となる。敵船団が一〇ノットを出していたとすれば、発見されてすぐに針路変更をする必要がある。

距離を稼ぐには反転するのが一番だが、それだと上陸計画は中止ということになる。しかし、ミッドウェー島で戦闘が起きているからには、上陸はなされる」

ネズビットにも、カニンガムのその判断は妥当と思われた。

「そして上陸作戦を続行するとしたら、空母が警護できない領域には行かないはず。そうなると、敵船団は敵空母に向けて接近する方向で針路を変えるはずだ」

「なるほど……カニンガム、仮に……」

「機長、俺たちに敵空母の襲撃はできんぞ、そこまで燃料はもたん」

「だろうな」

後に明らかになったのは、田中頼三《たなからいぞう》司令官指揮の船団は針路変更を行っていなかった。ただし、米軍機の攻撃を受けたため、回避運動は行っていた。

冷静に考えればわかるように、ミッドウェー海戦はミッドウェー島への上陸条件が理想的となる日時を選んで作戦が決行されている。だから上陸作戦には、針路変更で遅らせるという選択肢がなかったのだ。

それなのにワイルドメイズの乗員たちが船団を発見できなかったのは、ミッドウェー島のB17爆撃機隊が、船団が攻撃地点からミッドウェー島に向かっていると誤認したことと、田中司令官は当初の計画通りに攻撃地点とは別の場所から北上を開始したためだ。

　つまり攻撃隊の報告は、遭遇地点は正しかったが、針路の計測を誤っていたため、ワイルドメイズは遭遇するはずのない海域を飛んでいたのである。

　これでミッドウェー島から執拗《しつよう》な攻撃が船団に下されていたならば、この計測ミスにもすぐに気がついただろう。しかし、B17爆撃機隊も島の防衛を重視したため、船団への攻撃は一度しか行われず、この針路予測のミスは気がつかれることはなかった。

　カニンガムはそれでも能力のすべてを費やして計算し、新たな針路を割り出した。

「この速度と針路で一時間飛行すれば、敵船団を発見できる確率が一番高い。これで駄目なら諦めるしかない」

「それでいい。最善は尽くせる！」

　そして午前六時まであと数分という時、彼らは海面に航跡を発見する。

「航跡です！」

　爆撃手のフォスターが最初にそれを発見した。それは見ようによっては巨艦と護衛部隊にも見えたが、船団であると解釈すれば船団にも見えた。所詮は航跡であるから、判断できるのは何かが通過したということだけだ。

　ネズビット機長は、すぐに機体をその航跡に向ける。

　レーダーで発見される可能性も考えたが、船団は航空機を伴っていないため問題はないと思われた。迎撃戦闘機がないなら、恐れるものはない。

船団の対空火器など恐れるに足らぬ。

「あれか……」

ネズビット機長は、それを船団という頭で見ていたため、咄嗟《とっさ》には自分が何を見ているのかわからなかった。船が一隻に、周囲に何かいる。船団とは思えない。

しかし、やがてそれが巨艦一隻と駆逐艦を伴う小部隊であることがわかってきた。

「ジャクソン！　緊急電だ！　我敵戦艦と遭遇せり！　ミッドウェー島に向かっている！」

それから慌てて、彼は現在位置や敵部隊の速度などもカニンガムから聞いて含めるように命じる。

「フォスター、あの戦艦、やれるか？」

ネズビット機長の言葉に乗員たちは凍りつく。

あの巨大戦艦にワイルドメイズ一機で、しかもたった一発の爆弾を投下するというのだ。

「機長、さすがに沈みませんぜ。それでいいんで？」

「沈まなくとも穴ぐらい空くだろう！」

戦艦の周囲には四隻の駆逐艦がいたが、潜水艦の警戒さえしていないのか単縦陣で進んでいる。

驚いたことに、その戦艦も駆逐艦もB17爆撃機の接近に慌てる様子もない。

対空火器は確かに動き出しているが、ネズビットの直感として、この戦艦や駆逐艦は本気で対空戦闘をする気がないようにさえ思えた。

「敵はどうやら、我々を偵察機の類《たぐい》と勘違いしているらしい。撃墜する価値はないとでも思っているのだろう」

ネズビットはそれでも偵察員に写真撮影を命じ

ることを忘れなかった。彼が知っている限り、日本海軍に主砲塔三基の戦艦などなかったはずだからだ。

「日本海軍の新型戦艦がミッドウェー島に向かっていることも報告だ。排水量、推定五万トン！」

五万トンかどうかわからないが、サウスダコタ級が四万トンくらいで、それより大きいので五万トンと言ったのだ。さすがに陸軍航空隊では、そこまで細かい敵艦の識別は習っていない。

それでも陸軍航空隊の将兵とて、敵新型戦艦の重要性くらいはわかる。

「攻撃準備！」

ネズビット機長の命令に異議を唱えるものはいなかった。

一〇〇〇ポンド爆弾一発で戦艦が沈めば苦労はない。しかし、こいつを爆撃すれば、やはり敵は戦艦を護衛するために空母戦力を割くだろう。

戦艦からの攻撃はなかった。たった一機の爆撃機でできることなどたかが知れていると思われているのだろう。雷撃態勢でも示せば対応は違ったのかもしれないが、魚雷もなければ、そもそも雷撃など彼らの訓練にはない。

爆撃のために風速を計測する必要はあったが、それは敵艦の煙突の微かな煙で推測できた。爆撃手のフォスターはそれを考慮して戦艦への照準を定める。

「投下！」

一〇〇〇ポンド爆弾が投下されると、戦艦に向かって落下する。ここで戦艦は自分たちが攻撃されるとやっと理解したのか、対空火器を放ってきた。

　しかし、すべてが遅かった。Ｂ17爆撃機は爆撃を終えていた。

「命中したぞ！」

　フォスターが言うように、戦艦からは一条の煙が昇っていた。

5

　戦艦大和は目視可能な距離に接近するまで、Ｂ17爆撃機の存在に気がついていなかった。雲量がそこそこあったことと、なによりもレーダーを装備していなかったためだ。

　また、ハワイから飛行機が飛んでくるとは思っていなかったため、ミッドウェー島からの偵察機が来るにはまだ時間があるという油断があったのも否めない。

　それでも大型四発機であるから、発見されないということはなかった。

　高柳儀八《たかやなぎぎはち》艦長が対空戦闘を命じようとした時、山本司令長官がそれを押しとどめる。

「あれが偵察機なら、敵軍を呼び寄せる絶好の機会だ。いましばらく泳がせておけばいい。偵察機一機、何もできまい」

「なるほど」

　高柳艦長もそれに同意する。

　この時、高柳艦長も山本長官も戦艦大和が不沈戦艦であるという点に絶大な信用を持っていた。だから、対空戦闘を止めることにもさほど躊躇《ちゅうちょ》はなかったのだ。

そして接近するにつれて、四発の大型機であることがわかってきた。

「長官、やはり撃墜すべきです」

高柳の意見に山本もうなずく。

「もう報告も終わっているだろうしな」

こうして対空戦闘準備から合戦準備が命令された時、爆撃機から爆弾が投下された。

それはたった一発だったが、その一発が大和の艦尾甲板に命中した。それは搭載機のカタパルトやエレベーターを破壊し、格納庫に火災を発生させた。

「操舵室は無事か？」

高柳艦長がもっとも懸念したのはそれだった。

まさかとは思うが、爆弾が命中した場所が操舵機の近くであっただけに、なんらかの損傷が起きては一大事だ。

高柳艦長には、戦艦ビスマルクのことが頭にあった。ドイツ海軍が誇る不沈艦も、雷撃による操舵機の故障が命取りになったではないか。

「格納庫で火災が発生しておりますが、操舵機に問題はありません」

ダメージコントロールを担当する運用長の報告に、高柳艦長はほっと胸を撫《な》で下ろす。水偵や観測機が使えないのは損失であるが、損傷は軽微と考えられよう。

そもそも戦うために出動しているのだから、無傷というのもおかしなことだ。

この時点で、高柳艦長は状況を軽く考えていた。爆弾一発の損傷であり、火災などすぐに鎮火できるだろうと。

しかし、そうではなかった。まず搭載機が燃えた。それは燃料だけでなく、機体のアルミニウムごと燃焼を始めてしまった。

そして、アルミニウムの燃焼は予想以上の熱を発生した。格納庫の航空機用燃料が誘爆し、火災は格納庫内全体に拡散した。

ある意味で救いだったのは、大和の格納庫が解放式だったことだろう。しかし、それとて全体の中ではわずかな慰めでしかなかった。

火災が簡単に鎮火できなかった最大の理由は、塗料が燃えてしまったことだ。そのため火災は格納庫から通路へと延焼し始めた。

さらに予想外だったのは、電路を介して電線の被覆《ひふく》が燃え始め、それが延焼を起こしたことだった。高柳艦長も山本司令長官も、この事態は予測できなかった。

すでに戦艦大和の艦尾からは黒煙が昇っている。それが大和の命取りになるとは思えなかったが、たかが爆弾一つでこれだけの火災が生じるという事実に、彼らは戦慄した。

「セイロン沖海戦でも珊瑚海海戦でも、こんなことは起こらなかった」

山本長官はそうつぶやくが、高柳艦長は別のことを思う。こんなことが起こるも何も、主力艦に爆弾が直撃するようなことは珊瑚海海戦くらいしかない。

その珊瑚海海戦では空母翔鶴《しょうかく》が爆弾を受け、航空機用燃料タンクが炎上するなどして、飛行甲板はめくれあがり、鎮火こそしたものの一〇〇名以上の戦死者を出している。

いま思えば、あの時の火災の調査をもっと徹底していれば、大和の格納庫火災も違った展開になっていたのではないか？　飛び散った燃料が燃えていたため、塗料の燃焼や被覆による延焼がわからなかったのだ。

「鎮火、成功しました！」

運用長から疲れた声が電話で流れたのは、午前六時三〇分になるかならないかという時だった。

そしてそれからほどなく、見張員からの報告が艦橋に届く。

「敵編隊接近中！」

6

時を少しさかのぼる午前五時三〇分。フレッチャー司令官指揮下の第一七任務部隊の空母ヨークタウンも動き出そうとしていた。

フレッチャー司令官にとって、この作戦は捲土《けんど》重来《ちょうらい》、珊瑚海海戦での不本意な結果への再挑戦の意味があった。

空母ヨークタウンは珊瑚海海戦で損傷し、この作戦への参加さえ一時は危ぶまれていた。それを三日間の突貫作業で応急修理を終え、戦列に復帰したのだ。

戦列に復帰したとはいえ、それは応急修理が終わったにすぎず、いま現在も工廠《こうしょう》のエンジニアが残工事のために乗り込んでいる。

この作戦には、ほかにエンタープライズとホーネットの二隻による第一六任務部隊の空母も参加するが、フレッチャーはヨークタウンの攻撃隊こそが中核戦力と考えていた。

　理由は練度の問題だ。第一六任務部隊の空母航空隊は、まだ十分な練度を持っているとは言えない。ヨークタウンと比較すれば、実戦経験も少ない。

　なるほど、東京奇襲作戦を行ったのは、この部隊であるが、それとて出撃したのは陸軍のB25爆撃機であり、海軍航空隊ではない。

　フレッチャー司令官は、空母ヨークタウンの攻撃隊を二つに分けることにした。これは珊瑚海海戦の反省からで、索敵ミスなどから、後からより価値の高い標的が現れた時、それに対して攻撃可能な戦力予備を残すためだ。

　まず三五機の戦爆連合が出撃を終え、それが完了したのが六時前だった。そして、第二波を送る準備をしている時に、ワイルドメイズの戦果報告が届く。

「日本海軍の新型戦艦がミッドウェー島を目指しているだと！」

　フレッチャー司令官はその内容に驚愕《きょうがく》した。事前の情報から戦艦大和も参戦することを知識としては知っていたが、それはずっと後方で、実質的には遊軍でしかないはずだった。

　ところが陸軍航空隊の情報では、上陸部隊を乗せた船団の近くを新型戦艦が航行している。

　どうやら、日本海軍の作戦は当初の予想と異なり、空母部隊は制空権を確保するだけで、島への直接攻撃は新型戦艦が行い、日本軍の上陸支援にあたるようだ。

　B17爆撃機が新型戦艦を攻撃したのは五時三〇分頃だという。陸軍から海軍司令部といくつもの経路を経ている間に、この重要情報の伝達は遅れたらしい。

ただ戦艦大和の位置は、空母ヨークタウンから第一航空艦隊までの距離よりは近い。

「第二波の攻撃準備を急がせろ。第二波はこの新型戦艦を攻撃する」

この時の編成は第一波よりも小規模で、ＳＢＤドーントレスが一五機とＦ４Ｆ戦闘機が六機、ＴＢＤ雷撃機が二機の総計二三機という比較的小規模なものだった。

特に雷撃機はたった二機だが、ほかに雷撃機はないのだから仕方がない。

フレッチャー司令官としては、第一波の攻撃目標の変更も考えないではなかったが、空母が脅威なのは間違いなく、敵の位置はわかっているが、こちらの位置は知られていないという有利な状況を活かさないではいられない。

実は、彼らはすでに利根の水偵により発見されていたが、フレッチャーはそれに気がついていなかった。

そして、午前六時三〇分には空母ヨークタウンより、戦艦大和に向けての攻撃隊が飛び立った。

第2章　大和攻撃さる

1

「戦艦大和が爆撃されただと？」

　第一航空艦隊の南雲司令長官のもとに戦艦大和がB17爆撃機により攻撃されたという報告は午前六時過ぎ、ちょうど二航戦が出撃を終えたばかりのタイミングで届いた。

　大和が小規模火災を起こしているというのは、正直、どうでもいい。航空機の前では水上艦艇が脆弱《ぜいじゃく》であることが証明されたとはいえ、爆弾一つで戦艦は沈まない。まして不沈戦艦大和ともなればなおさらだ。

　そんなことよりも南雲が驚いたのは、後方にいるはずの戦艦大和が最前線まで進出しているという事実だった。

　大和がどうしてそんな場所にいるのか、大和から、つまり山本長官からの説明はない。

　敵に発見された以上、無線封鎖の必要性は乏しいという判断からか、はじめて報告がなされたわけだが、そこにもこの場所にいる説明はない。

「この海域に進出しているのは、船団を支援するためか、あるいはミッドウェー島を直接攻撃するためではないでしょうか」

　参謀長はそうした分析を示したが、南雲長官にはいまひとつしっくりこない。参謀長の説が間違いというわけではないのだが、それだけで山本が戦艦大和を前進させるとも思えない。

一番よくわからないのが、第一航空艦隊に対して上空警護の要請をしてこないことだ。

爆撃されたことを通知してきたのは、無線封鎖の解除と解釈できるが、だったらなおのこと、上空警護の要請があるべきだ。しかし、そんなものはない。

「なんらかの指示が山本長官よりなされていない以上、我々は既定路線で作戦を遂行する」

南雲司令長官はそう決断した。

山本の考えはわからないが、南雲に何も言わないというのは、第一航空艦隊の作戦に影響しないということだろう。それなら、それでいい。

むしろいま考えるべきは、出撃したばかりの二航戦のことだ。そこで南雲は、山本は敵空母の存在を知っているのかが気になった。しかし、連合艦隊旗艦の通信設備のことを思えば知らないはずもない。

むしろ、山本が長門や陸奥を切り離してほぼ単独行動をしたことこそ、空母の存在を知っているためではないか？　有力軍艦とはいえ、艦齢の古い長門型より最新鋭戦艦の大和であれば、空母からの攻撃にも高い抗堪性《こうたんせい》を示すだろう。

いずれにせよ、いまの第一航空艦隊には大和支援に出せる戦闘機もない。第一次攻撃隊の収容もあれば、ほかの航空隊の出撃準備もある。

「仮に大和がミッドウェー島を攻撃すると言うなら、第二次攻撃隊を出動させる必要もないのでは？」

源田参謀の意見に南雲は首を振る。

「それならそれで、山本長官から指示があるはずだ。それがない以上、作戦変更はできぬ。敵空母部隊を仕留めた後での第二次攻撃は予定通り行う」

山本司令長官からの指示がないことを、南雲はそう解釈していた。

2

空母ヨークタウンの第二次攻撃隊は幸運に恵まれていた。火災を起こしている戦艦大和は黒煙を発していた。彼らはその黒煙に向けて飛べばよかったのだ。

二三機の戦爆連合は、真っ直ぐに戦艦へと向かって行く。Ｆ４Ｆ戦闘機は敵戦闘機の攻撃を警戒したが、どういうわけか、一機も迎撃戦闘機は飛んでこない。

それはあるいは何かの罠《わな》とも考えたが、罠ではなく何も飛んでこない。むしろ周辺の四隻の駆逐艦が対空戦闘を始めたことが、ここには戦闘機がいないことを示していると思われた。

結果論を言えば、六機のＦ４Ｆ戦闘機は不要だったことになるが、それはあまり意味のある議論ではない。それよりも深刻なのは、一五機存在するＳＢＤドーントレス爆撃機のうち、爆装しているのが一二機しかないことだった。

これは、新型の爆弾投下装置の動作確認中に爆弾が投下されてしまうというアクシデントが続けざまに起こったからだ。指揮官がすぐ手動に切り替えろと命じ、それ以上の事故はなかったが、無駄に三個の爆弾が投下されていた。

ヨークタウンの攻撃隊は、真っ直ぐに戦艦大和を目指した。四隻の駆逐艦は対空戦闘に関して、ほとんど脅威にはならなかった。

基本的に平射用の火砲であり、対空戦闘では高角砲のように高速では撃てない。さらにより深刻なのは、射撃盤が対空戦闘にほぼ対応していなかった。

つまり、各砲塔が照門を頼りに砲撃するしかない。ほかの砲塔と連携して一つの標的を狙うようにはなっていないのだ。主砲が使えないとなると、次は機銃しかない。

結果的に、大和は大和自身の対空火器で防御することとなった。しかし、ここにも一つ問題があった。

戦艦大和には多数の高角砲が設備されていたが、射撃盤は左舷側と右舷側の両方に置かれている。だから左舷から右舷に、あるいはその逆方向に移動する敵機に対しては有効な射撃指揮ができなかった。砲撃は激しく、攻撃機は迂闊《うかつ》に接近できなかったが、反面で砲撃の割に撃墜機はなかった。

そして、最初の三機のＳＢＤ急降下爆撃機は爆弾を投下したが、それらは付近の海面に水柱を昇らせるだけだった。

一方、二機の雷撃機は戦艦を遠巻きに、ばらばらに活動していた。連携せず、それぞれが戦艦大和を攻めあぐねていたのである。

しかし、それによって雷撃機への対空火器の攻撃はほぼなかった。そして雷撃機の搭乗員は、機を見るに敏《びん》な人間だった。

雷撃機は別々の戦術を選んだ。一機は駆逐艦を雷撃するような針路で接近し、そこから一気に大和に向かう作戦を考えた。相手を油断させるわけである。

もう一機は、僚機の真似をすることで戦果を拡大しようと考えた。そうして期せずして二機の雷撃機は一直線で駆逐艦に向かった。

この時、駆逐艦の乗員たちは理解できなかった。二機の雷撃機が自分たちに向かって飛んでくる。戦艦大和がいるのに何を考えているのか?

その疑問は戦艦大和の乗員たちも同様だったが、それゆえに雷撃機への警戒は薄かった。

決定的だったのは、駆逐艦の主砲による砲撃がそれなりに効果をあげたことだった。個別の砲塔の照準だったが、一番砲塔だけ的確な照準が行われていたのである。

さすがに砲弾が直撃するには至らなかったが、破片は確実に損傷を与えていた。先頭の雷撃機が損傷を受け、黒煙を流して前進する中で、その雷撃機は偶然か意図的か駆逐艦に直撃する。

魚雷の爆発はなかったが、雷撃機の直撃により駆逐艦では火災が発生した。

この混乱の中で後続機は無傷のまま駆逐艦を飛び越え、戦艦大和に向かって行く。

大和でも駆逐艦の爆発と火災は見えたが、駆逐艦の事故の中から雷撃機が飛び出してくるとは誰も思わなかった。その雷撃機に何もできないまま、雷撃機は航空魚雷を投下した。

高柳艦長はこの状況で魚雷を回避しようとしたが、間に合わない。そして、魚雷は戦艦大和の右舷後方部に命中した。

命中箇所には水柱が立ちのぼったが、ほとんどの乗員は大和が雷撃されたことに気がつきもしなかった。

そうは言っても、雷撃されれば大和といえども無傷ではない。艦尾の一部には浸水が生じ、命中箇所付近では死亡者も出た。

この雷撃による損傷は、大和から見れば小破にもならないようなものだった。あるいは、そう見えた。

ただ、意外な問題が起きていた。艦尾部分で雷撃の衝撃により電源が一時的に止まったのだ。それはごく短時間であったが、その短時間だけ対空火器が使用不能となった。

それは時間にして数秒であったが、その数秒の対空火器の沈黙の中にＳＢＤ急降下爆撃機は殺到した。そして、艦首方向のＳＢＤドーントレスは出遅れたが、艦尾周辺の爆撃機は爆撃を成功させた。

艦尾に二発の爆弾が命中し、三番砲塔手前の位置でそれらは爆発した。三番砲塔の損傷は軽微だったが、最初に火災が起きていた格納庫周辺が再び炎上しはじめた。水偵用の燃料がまだ残っていたためだ。

戦艦大和は艦尾を中心に激しく炎上しはじめた。黒煙を引きながら戦艦は前進する。

それは午前七時一〇分のことであった。ヨークタウンの第二次攻撃隊による損害は、そこまでだった。しかし、関係者にとっては予想外の損傷だった。

爆弾や魚雷による物理的な損傷については予測されていたが、塗料が燃えるだの、電線の被覆が燃えるというようなことは予想もしていなかったのだ。

「第一航空艦隊に対して戦闘機の支援を要請しろ」

山本五十六連合艦隊司令長官は、ここでようやく第一航空艦隊に対する支援要請を出した。第一航空艦隊のために敵の攻撃を吸収するという当初の計算は、軍艦の意外な火災への脆《もろ》さで一変した。

しかし山本のこの要請は、なぜか第一航空艦隊には伝達されなかった。大和からは送信されたが、第一航空艦隊では受信されていなかったのだ。また、仮に受信されたとしても、この時の第一航空艦隊に支援を出せる余裕はなかったが、山本はそのことも知らなかった。

こうした状況の中で、空母ヨークタウンの攻撃隊が去って一〇分後の午前七時二〇分、空母エンタープライズの爆撃隊が大和の前に現れた。

3

第一六任務部隊の空母エンタープライズから攻撃隊が出撃したのは、空母ヨークタウンの出撃よりも早かった。

これはスプルーアンス司令官が、第一六任務部隊を主体とし、第一七任務部隊は補助にまわらせる予定だったが、日本軍の攻勢により攻撃部隊に含められたからである。

　だから、空母ヨークタウンからの攻撃隊が出撃した時点で、第一六任務部隊はすでに出動していた。にもかかわらず、ヨークタウンが先に大和に到達したのは、一言でいえば不運であったからだ。

　マクラスキー少佐の率いる三〇機あまりのＳＢＤ急降下爆撃機は、第一航空艦隊を目指して飛行していた。

　ところが、第一航空艦隊の予想位置とマクラスキー少佐の想定していた針路が五度ほどずれていたため、彼らは本来なら遭遇するはずの第一航空艦隊にまったく遭遇できないでいた。

　これは推測誤差によるものだが、すでにミッドウェー島からの攻撃隊が、第一航空艦隊と遭遇していることも問題を複雑にしていた。

　彼らは途中の日本軍機との戦闘などで誤差の修正ができたのだが、空母部隊にはその誤差の話が届いていなかった。誤差自体はわずかなものであったが、ミッドウェー島からの距離と空母エンタープライズからの距離の違いから、無視できない距離の隔たりになっていたのだ。

　しかし、当事者であるマクラスキー少佐にそんなことはわからない。

　マクラスキー少佐は航法を計算するも、間違いはない。そう、彼の計算は間違っていない。前提となる数値が間違っていた。

　マクラスキー少佐はすぐに頭を切り替える。現在の天候は良好で、この状況であれば四〇海里の範囲に敵艦がいれば、見えないはずがない。

　それならば、日本艦隊はどこかで大きく針路を変えたとしか考えられない。ただし、ミッドウェー島側なら自分たちに発見されないはずがなく、そうであるなら反対側に針路を変えたのだろう。

　マクラスキー少佐はそう判断して針路を変更したが、それはますます第一航空艦隊から離れる結果となった。

　だが、彼らが敵を求めて彷徨《さまよ》ううちに、海上から一条の黒煙が昇っているのが見えた。

「いたぞ！　こんな場所に移動していたとは……」

　マクラスキー少佐は違和感を覚えつつも、その黒煙の方角に向かう。

　まったく予想外の場所であり、第一航空艦隊が本当にここまで来ているなら、彼らに与えられた情報が大間違いだったことになる。


　彼が驚くのは、まだ早かった。空母がいるとばかり思っていたのに、そこにいるのは巨大な戦艦だ。

　最初は砲塔三基であることから、サウスダコタ級戦艦か何かかと思った。しかし、もちろんそんなものが、この海域にいるという話など聞いたことがない。

　そもそも、その戦艦は誰に攻撃されて黒煙をあげているのか？　友軍戦艦が攻撃されたという通信も流れてはいないのだ。

　そして、彼はその戦艦と駆逐艦四隻の部隊が、日本軍艦隊であることを知る。この時点で、マクラスキー少佐のもとにはヨークタウンの部隊が戦艦大和を攻撃したことは知らされていなかった。

　彼らが去って、まだ一〇分なのである。

状況はまったくわからなかったが、ともかく、この戦艦はミッドウェー島に向かっているようで、おそらくは島の攻撃機により爆撃を受けたらしい。

第一航空艦隊ではなかったが、だから攻撃しないという選択肢は、もちろんマクラスキー少佐にはない。

「全機、この戦艦を攻撃せよ！」

三〇機あまりのＳＢＤ急降下爆撃機が一斉に戦艦大和を目指す。

これはパイロットの気持ちとしては理解できるものではあるが、戦術的には稚拙《ちせつ》と言えた。戦艦が大きいといえども限度がある。それに三〇機以上の飛行機が殺到すれば、接触の危険もある。

実際、爆撃を実現できたのは一〇機に過ぎず、ほかの二〇機あまりは、それが終わるのを傍観するよりない。

これで戦闘機隊が迎撃をすれば状況も違ったが、ここには一機の零戦もない。

攻撃機は護衛戦闘機なしという本来なら危険な状況で、攻撃を続けていた。

もちろん、この状況で戦艦大和の対空火器も応戦に忙殺されていたが、射撃盤にしても圧倒的な数には対応できない。一機や二機を撃墜しても、その穴はすぐに埋められる。

そして爆弾は投下された。その多くは、火災により対空火器の手薄となった艦尾部分が狙われることになる。黒煙に隠れれば接近しやすいと考えられたこともあるだろう。

結果的に艦尾を中心に五発の爆弾が命中した。それらにより火災が発生する。

マクラスキー隊は爆撃を終えると、すぐに去っていった。燃料不足が危険な状況だったためだ。

さすがにこれで戦艦が沈むとは、マクラスキー少佐も思わなかった。ただ、大和の火災はかなり激しく見えた。

「第二次攻撃の要あり」

マクラスキー少佐は打電する。彼は自分たちこそが第二次であることを知らなかった。

この時点で、大和では艦尾部の消火活動が始まっていた。実は、戦艦大和はこの昭和一七年三月には軍務局の命令による応急戦研究艦となっていた。海軍のダメージコントロールの改善を研究する艦である。

ただ、この目的のために大和を選んだ軍務局の判断が適切かどうかは議論の余地があった。最大の問題は、巨艦であることそのものだ。

甲板士官が巡検するだけで三時間は必要というほどの巨艦である。何かあった時、ダメージ箇所に迅速に人員を配置できるか、あるいは指揮はどうするのか。ほかの軍艦ではさほど深刻ではない問題が、まずつまずきの石となる。

もちろん研究は行われていたものの、それらは隔壁閉鎖に関わるものや、応急のための人員編成の問題に片寄っていた。これはある意味、当然のことで、戦艦大和の構造について手を加えるなら造船官なども加える必要がある。

しかし、船の構造はそのままで、乗員たちの工夫で状況を改善しようとすれば、ダメージコントロール要員の話に終始することは必然であった。

結局のところ、この研究も現場の工夫で改善する域を出なかったのである。

これが駆逐艦なり巡洋艦であれば、装甲も限定的であり、ダメージコントロールについても乗員たちからもっと違ったアプローチがあったかもしれない。

しかし、そもそもが戦艦とは装甲という直接防御で艦を守るという発想の軍艦であるから、間接防御についての考え方も違ってくる。

艦尾部の火災についても「どんな火災が起こるのか」という研究ではなく、「火災が起きたら誰が動くのか」という視点であるから、そこにはどうしても現実との齟齬《そご》が生じた。塗料で延焼するなどというのは、そういうことだ。

火災の影響は意外に大きかった。すぐに鎮火できるという認識と対空戦闘が起きている中で、まず人員の確保が難しかった。それは砲術科から人が出るはずなのに、対空戦闘の真っただ中なので、運用を担当するはずの人間もそちらに移動したためである。

さらに、火災のため電話が一部使えなくなり、艦内照明が止まるなどして、情報伝達や作業そのものが大きな影響を受けた。

そして、火災は収まる様子を示さないまま、第三砲塔に迫りつつあった。火薬庫に火が入れば、大和といえども轟沈は避けられない。

「報告！　三番砲塔に注水します！」

泉福《せんぷく》運用長から高柳艦長へ伝令による報告がなされる。電話が使えないことが状況を物語っていた。

高柳艦長も山本司令長官も、現場をなかなか咀《そ》嚼《しゃく》できていなかった。確かに爆弾は命中した。火災も起きているかもしれない。それでもこの不沈戦艦が、砲塔に注水しなければならないほどのダメージを被っているというのか？

「運用長は大丈夫なのか、艦長？」

山本が尋ねる。そこには運用長が臆病風に吹かれたのではないかというニュアンスがあった。もちろん、高柳艦長はそんな意見を一蹴する。

「運用長が言うからには、注水が必要なのです」

「そうか」

山本はそれだけを言う。自分は司令長官だと横車を押すほど山本も馬鹿ではない。

「長官、大和を本隊と合流させるべく、命令してください」

高柳艦長は言う。本隊との合流を命じろというのは、具体的には大和を戦線から離脱させろという意味だ。

大和にはまだ航行能力も戦闘能力もある。しかし、三つの主砲塔のうち一つを失い、艦尾はまだ火災を鎮火できない。鎮火の目処はようやくたったが、損傷は覆いがたい。

「本隊に復帰する！」

こうして戦艦大和は本隊に復帰した。

この時、戦艦大和側は敵にその意図を察知されないよう第一航空艦隊に接近を告げなかったように、戦線離脱についても何も伝えなかった。

そのため遅ればせながら戦艦大和の上空警護のために送り出した零戦隊は、大和との合流を果たせなかった。

とはいえ、彼らは大和が戦線離脱しなくとも、合流はできなかっただろう。なぜなら……。

4

空母ヨークタウンから出撃した第一次攻撃隊のレスリー少佐のSBD急降下爆撃機隊は、第一航空艦隊を目指して飛行していた。彼にとってこの出撃はケチがついた任務だった。

新型の爆弾投下装置のミスで爆弾が三発ほど無駄に投下されてしまった。さらに出撃後に敵の新型戦艦を発見したとの報告に、彼は――いまとなっては自分でも、どうしてそうしたかわからないのだが――針路を変更し、戦艦撃沈を先にやろうと考えたのだ。

それはレスリー少佐が提案した時点で、フレッチャー長官から当初の予定通り第一航空艦隊を攻撃しろと命じられ、それに従った。

ただ、この時点ですでに針路変更をしたため、無駄な時間を食ってしまった。

無駄と言っても五分だが、一分一秒を争う航空戦で五分は小さくない。そうして敵空母に向かい、しばらくすると、前方より一〇機ほどの戦闘機が近づいてくるのが見えた。

レスリー少佐は先頭を進んでいたが、最初はその戦闘機のことが理解できなかった。敵にしても味方にしても、こんな場所を飛んでいるはずがないのだ。

まして前から迫ってくるなどあり得ない。しかし、そのあり得ないことが起きている。

ほどなくそれが日本軍機とわかったが、なぜここにいるかはわからない。そしてそれらの零戦は、攻撃機に対して一斉に銃撃を仕掛けてきた。

状況がよくわからないのは、日本軍機の側は自分たちがここにいることを不思議に思っていないらしいことだ。日本軍機は迷うことなく、ＳＢＤ急降下爆撃機隊に接近してきた。

護衛のＦ４Ｆ戦闘機隊は、まさかここで攻撃されるとも思っていなかったので動きが遅れた。

そのため、まず二機のＳＢＤ急降下爆撃機が撃墜されてしまう。レスリー少佐機はとっさに攻撃を避けられたが、それは彼らの機体が例の爆撃装置のトラブルで、すでに爆弾を捨てていたからだった。

結果として、爆弾を抱えていた重い機体が零戦の餌食となった。

この時、サッチ少佐のＦ４Ｆ戦闘機隊は雷撃機を守っていたが、零戦隊はそちらではなくＳＢＤ急降下爆撃機隊を中心に攻撃した。数で劣る零戦隊としては、ここでＦ４Ｆ戦闘機と空戦を行う余裕がなかったためだ。

じっさい燃料の制約か何か知らないが、日本軍の戦闘機隊はＳＢＤ急降下爆撃機隊に壊滅的な打撃を与えながらも、Ｆ４Ｆ戦闘機隊とは戦わないまま、母艦に戻って行った。

これは敢闘精神がどうのという話ではなく、燃料と弾薬の問題であり、戦艦大和の姿が見えない中で、第一航空艦隊の警護がより重要との判断だ。

Ｆ４Ｆ戦闘機隊のサッチ少佐は、残存の攻撃機を無防備にできないことから、零戦の追撃は諦めた。

ただ彼は、状況は決して楽観できないことを悟った。ここから先、奇襲は望めない。戦いは否応なく強襲となる。そうでなくとも、ＳＢＤドーントレスは危険なほどに数を減らしている。

第一航空艦隊に接近すれば、敵戦闘機が待ち伏せているに違いない。そして、彼らの前に第一航空艦隊の姿が現れた。

5

第一航空艦隊への航空圧力を軽減する。山本司令長官の最初の構想では、それは不沈戦艦により敵の攻撃を吸収し、要塞のごとき対空火器で敵戦力を漸減《ぜんげん》するというものだった。

だが、戦艦大和は空母ヨークタウンの攻撃によって火災が発生し、深刻な損傷を負い、戦線離脱を余儀なくされるに至った。

ただ、この状況は山本の意図が間違っていたことを意味しなかった。戦艦大和の存在で、米海軍空母部隊も少なからず影響を受けていたのだ。

一つには大和と対峙した米海軍の第一六および第一七任務部隊の戦力は、彼らにとっても精鋭であったことだ。つまり、それだけ米海軍による第一航空艦隊への圧力は弱まっていた。

端的なのは空母ホーネットの攻撃隊であった。ホーネットの攻撃隊は六〇機を数えていた。ところが彼らもまた、マクラスキー少佐らと同様のミスにより明後日の方向を飛んでいた。

雷撃隊だけは途中で航法の問題に気がついて針

路変更を行い、ほかの部隊にも「我に続け」と通信を送った。

しかし雲のために視認できず、針路変更ができたのは雷撃隊の一五機に過ぎず、ほかの四五機は針路を変更できないまま、燃料切れで空母に戻ることを余儀なくされた。この燃料切れで、一二機のF4F戦闘機が失われる結果となったという。

そして、一五機の雷撃機は第一航空艦隊を発見し、空母蒼龍《そうりゅう》への攻撃を敢行しようとした。

だが雷撃機は遅く、空母蒼龍は時速五〇キロ以上の速力が出せたため、相対速度は思いのほか小さく、退避行動に出た蒼龍にはそうそう簡単に追いつけなかった。

その間に直掩戦闘機が雷撃機に殺到する。驚くべきは、雷撃隊の隊長は友軍の戦闘機隊がいままでも自分たちを守るべく近くにいると信じていたことだろう。

指揮官は盛んに救援を要請するが、それに応じるF4F戦闘機はなかった。こうして一五機の雷撃機は、ただの一機も雷撃に成功しないままで終わった。

この戦闘が起きたのは、大和が襲撃される三〇分以上前の午前六時三〇分から五〇分頃のことだった。

だから、もし大和が攻撃されていなければ、エンタープライズのマクラスキー隊や二波にわたるヨークタウンからの攻撃は、六時半から七時半までの一時間に米海軍も想定していないような波状攻撃となっただろう。

兵装転換などを行っている最中に、矢継ぎ早の敵襲により混乱した空母で、もし爆弾一発でも命中すれば大惨事となったであろうことは想像にかたくない。

しかし、結果的に戦艦大和の存在により、確かに米空母部隊からの航空攻撃の圧力は、山本の想定以上に弱まった。

特にマクラスキー少佐の部隊は大和の存在さえ知らないままの遭遇戦であったわけだが、そのマクラスキー少佐らを護衛するために待機していた戦闘機隊は、支援要請も何もないまま第一航空艦隊の上空に進出せず、燃料切れで帰還することとなった。

しかも無線機器のトラブルか何かは不明だが、彼らは雷撃隊の救援要請も傍受していなかった。

そのためエンタープライズの雷撃隊もまたホーネットの雷撃隊同様に、零戦により一方的に撃墜されていた。これが午前六時五〇分から午前七時の出来事とされる。

大和がいなければ第一航空艦隊は切れ目のない敵航空隊の攻撃にさらされていたのだが、ヨークタウンやマクラスキー隊の攻撃を大和が吸収したため、第一航空艦隊は敵機が来ない三〇分あまりの時間的余裕を確保することができた。

6

第二航空戦隊の五一機の攻撃隊は幸運に恵まれていた。

一つは、空母ヨークタウンがレーダーで彼らを発見していたものの、大和を攻撃したＳＢＤ急降下爆撃機隊が帰路に入っており、それらと誤認されたことだ。そのため迎撃戦闘機が出ることもなかった。

幸運その二は、そもそも空母ヨークタウンに十分な数のＦ４Ｆ戦闘機が残っていなかったことだ。

フレッチャー司令官は乾坤一擲《けんこんいってき》のつもりで攻撃隊を送り出していたため、残存戦闘機にそれほどの余力はなかった。

そして目視により、それらが敵機とわかった時にはすでに遅かった。

まず、九九式艦爆の一群が飛行甲板に爆弾を投下する。三機の艦爆が爆撃を敢行し、二発が命中した。空母ヨークタウンにとっては、これですべてが終わったと言っていい。

そもそも満身創痍の状態から戦列に復帰した空母である。それが再び爆撃を受けたのだ。

対空火器も、予想外の事態で銃弾の補充は終わっていない。それ以上に問題だったのは、航空機用燃料だった。

あらかじめ敵襲があるとわかっていたならば、火災に備えて配管の燃料を抜き、二酸化炭素を封入するとか、飛行甲板上に置かれていたガソリンタンクもいざとなれば海中投棄しやすいように移動が行われる手順になっていた。

しかし、それらはまったく行われていない。対空機銃も不活発なら、高角砲も砲弾の不足で密度が低い。

そして、配管には航空機燃料が詰まったままで、飛行甲板にはガソリンタンクが置かれていた。

その状況で爆弾が飛行甲板に命中し、一瞬で火の海となった。さらに爆弾が命中し、それは格納庫内で燃え広がる。ほとんどの飛行機が出払ってはいたものの、配管から漏れた燃料のために飛行甲板は炎に包まれた。

二航戦の攻撃隊は雷撃機を欠いていた。だから、ひたすら爆撃が続く。それでも二〇発の爆弾が命中すれば、空母ヨークタウンは浮かぶことさえ容易ではない。

空母ヨークタウンは急激に傾斜し、そして呆気なく沈没した。午前七時四五分のことであった。

7

空母蒼龍が雷撃隊の攻撃を受けた時、山口司令官は蒼龍に搭載されている新型機に出動を命じた。敵部隊を追跡し、空母の位置を明らかにせよというものだ。

この時の偵察機は、後に彗星《すいせい》艦爆と呼ばれる機体である。ただし、この時期には試作機であり、艦上偵察機として搭載されていた。

山口司令官は、これは利根の偵察機が発見したのとは別の空母部隊のものと判断した。利根の偵察機の空母部隊には、二航戦がすでに部隊を出しており、そこから来たのなら、先に接触があってしかるべきとの判断からだ。

ただこの時点で、山口司令官も未知の敵空母は一隻と考えていた。ヨークタウン級は珊瑚海海戦で撃沈したというのが第一航空艦隊の認識であり、そうであればエンタープライズとホーネットの二隻が作戦に参加していると彼は考えたのだ。

なので、蒼龍を攻撃したのはホーネットの攻撃隊であったが、命令から発艦準備までの間に状況が変わり、偵察機が帰還する敵部隊を追撃した時、それはホーネットではなく、エンタープライズであった。

ここで起きたことは、個々の事例は偶然だが、日米の空母戦力に甚大な影響を及ぼすことになった。

まず、空母ホーネットは燃料切れぎりぎりの航空機が続出したことから、空母エンタープライズと別行動をとって針路を大幅に変更し、航空隊に向けて前進していた。

一方、エンタープライズはミッドウェー島を守るため、これもまた針路を変更していた。

さらに、午前七時四五分に空母ヨークタウン沈没の報告が入ると、スプルーアンス司令官はホーネットの動向に注意しつつ、あえて空母を引き離すことにした。日本軍の攻撃を分散させるためである。また、何かあった時に搭乗員をミッドウェー島の滑走路に避難させるという含みもあった。

そして、艦偵が追跡した米海軍航空隊はこのような状況の空母エンタープライズに着艦し始めた。

艦偵は「敵ヨークタウン級空母一隻」と報告する。ヨークタウンを撃沈した部隊からもヨークタウン級空母との報告が届いているから、計算は合う。

結果として、空母ホーネットは本人の知らない間に戦列外に置かれていたことになる。

艦偵はここで、エンジントラブルのために帰還を余儀なくされる。しかし、レーダーは艦偵を捉えていたが友軍と信じていたので、自分たちが第一航空艦隊に発見されているとはまったく気がつかなかった。

8

米空母部隊の数回に及ぶ攻撃の中でも、第一航空艦隊には兵装転換を終えるだけの時間的余裕を確保することができた。

それは戦艦大和が作り出した時間的余裕であったが、第一航空艦隊の南雲司令長官がそのことを知るのは後のことだ。

すでに空母ヨークタウンを攻撃した二航戦は、帰還機の収容と艦隊の警護に残ることになり、一航戦の戦爆連合六〇機が空母エンタープライズに向かった。

空母エンタープライズにとっては、非常にまずい状況での日本軍機の襲来となった。

まず、ばらばらになった帰還機の収容に思いのほか時間がかかったため、次の出撃準備にかかるのが大幅に遅れていた。

なにしろ燃料切れで墜落した機体などもあり、帰還機を整備、補給しないと攻撃隊を再編できない事情があった。そのため飛行甲板は次の出撃準備にかかれなかったのだ。

それでもスプルーアンス司令官は、まだ状況を楽観視していた。日本軍の新型戦艦を撃沈――彼のもとには撃沈確実という報告が届いていた――したことで、日本軍は守勢に入るのではないかという読みがあった。

「おそらく、この戦艦で上陸部隊の火力支援を行う予定だったのだろう。それが撤退したとなれば、作戦の変更は不可避だ」

スプルーアンス司令官の作戦目的は、最小の被害でミッドウェー島を守り切る点にあり、第一航空艦隊を撃破することまでは期待していない。

この点では、米陸海軍航空隊の作戦目的の認識は一致していた。空母を攻撃するのも、第一航空艦隊の撃滅というより島を守ることが主眼になる。もっともどちらが目的でも、空母は撃破せねばならないわけだが。

ただ、いざ空母部隊が第一航空艦隊への攻撃に出てみると、予想外のことが起こる。無線封鎖のためには戦況がまるでわからないのは、ある程度は予想していたが、時々傍受される無線通信はスプルーアンスを不安にさせた。

なぜなら、通信の多くが航法ミスを疑わせるものであり、さらに戦闘は起きているらしいが、その状況がわからない。激戦は起きているが、雷撃機が戦闘機に救援を要請しながら戦闘機隊からの応答がないなど、どうも連携に不安が残る内容ばかりだ。

そして懸念は現実だった。戦闘機隊と雷撃隊の収容を終えたところ、雷撃隊の指揮官が機体から飛び降りるや否や、戦闘機隊の控え室に怒鳴り込むという騒ぎが生じたという。

それは艦長が解決したそうだが、雷撃隊によれば救援要請をしても戦闘機隊の支援はなく、そもそも戦域に戦闘機隊がおらず、自分たちは見殺しにされたというのである。

これについては通信の不備と意思の疎通の悪さが原因ということで、その場は収まりはした。しかし、現状のように遺恨を抱きながらでは、チーム編成を変えるか何かしないと、次の攻撃隊の編成は難しいと思われた。

艦長には腹案があるらしいが、いずれにせよ、楽観はできないようだ。なにより新型戦艦を沈めたものの、第一航空艦隊の空母はどれも無傷である。

結局、空母の前に水上艦艇は無力というテーゼを、日米が立場を変えて再確認しただけに終わったようだ。

もちろん、ミッドウェー島を守るという作戦趣旨から言えば、第一航空艦隊が無事でも島が占領されなければいいのだが、それでも敵が無傷というのは痛い。

こちらはすでに満身創痍だったとはいえ、空母ヨークタウンを失っている。敵戦艦を仕留めたとはいえ、一対一という解釈はできなかった。戦艦より空母なのだ。

こうしたことを考えている中で、レーダーは六〇機もの一航戦の戦爆連合を察知したのだ。

直掩のＦ４Ｆ戦闘機がすぐに迎撃に向かったが、まず数で圧倒されてしまう。

これがヨークタウンであったなら、サッチ少佐率いる戦闘機隊が零戦に負けないサッチ戦術を編み出していたが、彼らは第一航空艦隊上空で戦闘を行い、帰還の途中で戻るべき空母ヨークタウンを失っていた。

彼らはサッチ少佐を含め駆逐艦により救助され

るのだが、サッチ戦術の妥当性を実戦で確認することは結局できないままであった。なので、エンタープライズの戦闘機隊もそうした戦術を知らない。

彼らはいままで通りに零戦に格闘戦を挑み、撃墜されていった。そして、増援の戦闘機隊が上がるより前に、戦爆連合はやってきた。

おそらくは戦闘機隊と雷撃隊の騒動がなければ、戦闘機隊の動きも迅速だっただろうが、このトラブルによりF４F戦闘機隊の士気は著しく下がっていた。

仲間を見捨てた戦闘機隊と乗員たちからは見られているわけで、これでは士気が上がるはずもない。

それでも空母エンタープライズの周辺にある六隻の駆逐艦は、果敢に一航戦の戦爆連合に砲弾を浴びせる。

米海軍の駆逐艦は日本海軍の駆逐艦と異なり、対空戦闘も可能な両用砲なので、駆逐艦の対空戦闘能力には侮《あなど》れないものがある。

実際、零戦の一機がこれらにより撃墜され、艦爆や艦攻も二機が損傷を負った。しかし、護衛艦艇の密度が低いため、戦爆連合の前進を阻むことはできなかった。

最初に攻撃を仕掛けたのは艦爆だった。三機の艦爆がつるべ落としに空母エンタープライズの飛行甲板に迫り、爆弾を投下する。

この攻撃で艦爆一機が高角砲により撃墜されたが、爆弾三発はいずれも飛行甲板に命中し、格納庫内で爆発した。

この時、空母エンタープライズ内部では、次の攻撃隊編成に向けて整備を終え、燃料を満載し、爆弾や魚雷を装填する作業が急ピッチで進められていた。

爆弾は、まさにこうした環境の中で投下された。格納庫内は一気に炎に包まれ、銃弾が誘爆する。エンタープライズは開放式格納庫なので、炎上する機体は海中に廃棄できる構造だったが、それとて程度問題だ。

格納庫全体に火災が広がっているため、まず格納庫の扉を開けることが容易ではなかった。

悪いことに高熱で部材が歪み、格納庫の扉は中途半端にしか開かない。さらに海中投棄をするにしても、飛行機自体が激しく炎上しており、とても接近できる状況ではなかった。

それでも決死の消火作業は続いていた。消火作業をする人間を守るため、その人間たちにも放水するようなやり方で、火災はなんとか鎮火するかに思われた。

さすがに爆弾三発で空母一隻が沈むなどというのは、あまりにも脆すぎるではないか。

だが、日本軍の攻撃はまだ続いている。すでに空母エンタープライズは三〇ノット以上の高速で航行していたが、それに対して雷撃隊が左右両舷から雷撃を試みていた。

火災に見舞われた空母の対空火器は、その能力を著しく低下させていた。ただ、三〇ノットで移動する空母への雷撃もまた容易ではない。

最初に左舷側から雷撃を仕掛けた三機は、魚雷投下にこそ成功したが、それらは空母から逸れていった。

ついで放たれた右舷側からの魚雷三発は、二発が逸れ、一発もまた紙一重のところで空母への命中を逃した。ただそれは近くの駆逐艦に命中し、大破させていた。

しかし雷撃機の数は多く、空母の幸運もいつまでも続かない。ついに左舷側の第二弾の雷撃隊の攻撃により、一本の魚雷が命中した。空母全体が衝撃波に襲われ、金属片が宙に舞う。

さらに今度は、右舷側からの第二弾の雷撃隊により、二本の魚雷が命中してしまう。

この雷撃で空母の速度は急激に低下していった。

この間も火災は格納庫から密かに広がっていた。加熱して歪んだ配管から航空機用燃料が漏出し、それが一部の空間に拡散していた。

その燃料と室内の酸素の比率が一線を越えた時、何かの火花により室内で大規模爆発が起こった。この爆発で艦内の電気は完全に途絶した。通信も消火作業も止まってしまう。

この状況の中で、さらに艦爆の爆弾が命中した。雷撃による浸水には隔壁閉鎖が行われたが、三発の魚雷の命中で隔壁が歪み、浸水は止まらない。

空母エンタープライズは、こうして浸水により急激に傾斜する。この段階で総員退艦が命じられたが、すでに通信経路が破壊されている中で、その命令は必ずしも艦内には届かない。

ただ、明らかに空母エンタープライズは救える状況ではなく、多くの将兵が自分の判断で艦から脱出した。そして、一航戦の将兵の目の前で空母エンタープライズは沈没した。

「敵ヨークタウン級空母撃沈セリ」

　この報告は空母加賀《かが》と戦艦大和に届いていた。

午前八時三〇分のことであった。

9

「第三次攻撃隊の発艦準備急げ」

　南雲司令長官はこの時、二度目になる兵装転換を命じていた。

　空母部隊を攻撃するために準備していた爆弾や魚雷を、再び陸用爆弾に転換するのだ。目的は言うまでもなく、ミッドウェー島の占領のためだ。

「しかし、計画はかなり狂いましたな」

　草鹿龍之介《くさかりゅうのすけ》参謀長は艦橋の時計を見る。

　そもそも、この日にミッドウェー島の攻略計画が行われたのは、潮の干満や天象気象などから明後日の六月七日を除いたら、上陸の適時はないという判断からだ。

　だが、空母戦のせいで上陸支援のためのミッドウェー島攻撃も進んでいなければ、船団もまた針路変更の影響で上陸予定時間に到着できるかどうかも微妙だ。二日あれば遅れは取り戻せるかもしれないが、そこは微妙だ。

　実際の上陸は七日の未明であるから、空母部隊の出番は今日と明日が山場であろう。

　そうした中、連合艦隊司令長官名で第一航空艦隊に命令が下る。

「MI作戦は中止。第一航空艦隊は本隊と合流せよ」

　南雲司令長官以下の司令部幕僚には、その命令が信じられなかった。

「敵空母部隊を撃滅し、ミッドウェー島占領になんの障壁もなくなったというのになぜだ?」

南雲長官にはわからなかった。しかし、それでも命令に従い、第一航空艦隊の四隻の空母は反転する。

10

「作戦を中止するのですか」

戦艦大和の司令部幕僚らは騒いだ。

「敵空母部隊を撃破したいま、島の攻略は赤子の手をひねるようなものでは?」

若手の参謀に宇垣参謀長は言う。

「あんな島を占領してどうする。補給を維持するだけでも容易ではあるまい」

宇垣参謀長があまりにも当たり前のように言うので、質問した参謀らは引いてしまう。

「島を占領してどうするとは……それが作戦目的では?」

「何を貴官は言っているのだ」

宇垣参謀長は幕僚らを睥睨《へいげい》する。

「本作戦の目的は、ミッドウェー島を攻撃することで敵空母部隊をおびき寄せ、それを撃滅することにある。

すでに珊瑚海海戦を含め、ヨークタウン級空母三隻が撃破された。米海軍に残された大型正規空母はサラトガ一隻だ。以後は敵空母のことなど脅威とせずに作戦を進められる。

よいか。敵艦隊を撃破した時点で、作戦目的は達せられたのだ。ならばこれ以上、不要な戦闘を継続する意味はあるまい」

山本五十六連合艦隊司令長官も参謀長の話にうなずいていている。そして、つけ加えるように山本は言う。

「大和の修理も急がねばならぬからな」

第3章　次の一手

1

B17爆撃機のワイルドメイズはミッドウェー島周辺を飛行していた。敵の新型戦艦を発見し、爆撃を成功させたことで、ネズビッド機長以下の乗員たちには勲章が与えられるという話も出ていた。

しかしながら、まだ作戦は終わっていない。いや、正確には終わったという確信がない。

航法士のカニンガムが、日誌に六月六日の日付を記載する。前日に始まった日本海軍空母部隊の攻撃は、唐突に終わりを告げた。

それは誰もが信じられない事実だった。空母ヨークタウンと空母エンタープライズの二隻が沈められ、ミッドウェー島を守る空母はホーネット一隻になった。

対する日本海軍の空母は四隻。スプルーアンス司令官は、まず空母ホーネットの温存を命じた。そして、母艦を失ったヨークタウンやエンタープライズのパイロットたちには、ミッドウェー島に向かうよう命じていた。

とはいえ、パイロットたちの多くは母艦にたどり着く前に、すでに多くが燃料切れで不時着水していた。

ミッドウェー島では、ともかくも滑走路の復旧に全力が傾けられ、対空火器の再編も行われた。そうして次に来るであろう日本軍に備えた。

この時点で、ネズビットらはなんとかB17爆撃機を着陸させることに成功し、可能な限り自分たちで機体を整備し、銃弾の補充なども行った。

燃料タンクは日本軍に破壊されていたため、無事なドラム缶や燃料車をかき集め、手動ポンプで燃料補給を行った。

無事に帰還できた機体にとって燃料は奪い合いの対象になるものだったが、敵戦艦に爆撃を成功させたワイルドメイズにだけは、誰も文句を言わなかった。

だから一〇〇〇ポンド爆弾をかき集め、四発を搭載することができた。将兵たちがここまで協力的なのは、言うまでもなく敵空母部隊を攻撃するためだ。

六月五日の間に作業は終わらず、翌日の反撃を目標に準備が進められた。

不思議なことに、六月五日の午前に空母戦は終わったわけだが、それ以上の攻撃はなされなかった。

ただ、この時点では守備隊は自分のことで手一杯で、日本軍の攻撃にまで気がまわらなかったのは事実だ。

守備隊は日本軍の侵攻を疑っていなかった。友軍空母は二隻を失い、敵空母は無傷。そして、上陸に最適な日時は六月七日だ。今日一日は、より激しい戦闘となるはずだった。

夜が明けると、B17爆撃機は護衛の戦闘機二機とともに出撃した。

「計画としては敵船団を攻撃する。上陸部隊こそ防備も手薄で、脅威となるからな」

ネズビット機長が全員に説明する。それはすでに乗員たちもわかっていたことだが、再確認の意味で説明したのだ。

ネズビットたちも、最初は第一航空艦隊を攻撃するようなことを口にしていたが、冷静に考えたら、飛行可能な唯一のＢ17爆撃機となったワイルドメイズにできることは限られる。

だから、最少の戦力で最大の効果を上げるために、船団攻撃を計画したのだ。

敵船団の速力から計算して、予想される上陸時間に到達するためには、船団がいるべき場所は限られる。

天気は快晴であり、視界は広い。だから敵船団を発見できない理由がなかった。

「予定海域に入ったが、何もいないぞ！」

カニンガムが自分の計算を検証しながら機長に報告する。ネズビットも「計算は確かか」などとは尋ねない。カニンガムの腕は彼も知っている。

「こちらが攻撃すると考えて針路を変えたか」

ネズビットの解釈はそれだった。ほかに考えようがない。

「いや、ここまで来たら、大きく針路変更はできないはずだがな。鈍足の貨物船なんだから」

カニンガムの意見を聞いて、ネズビットはもっともだと考えた。そして、彼は大きく進路を変える。

「敵空母に向かうぞ！」

乗員たちは、さすがに誰もが驚く。敵空母は四隻もいるというのに、護衛の戦闘機を含めてたった三機でどうするのか？

「正気なのか、ネズビット！」

そんなカニンガムに機長は言う。

「敵空母部隊など、もういないんじゃないか」

「敵空母部隊がいない……？」

「空母エンタープライズが撃沈されてから、何もやってこなかったじゃないか。奴らの目的はミッドウェー島なんかじゃなく、最初から空母部隊だったとしたら、どうだ？

空母二隻を沈めたら、もう島に用はないんじゃないか」

さすがにカニンガムもその意見には驚いたが、反論できなかった。

「なら敵空母に接近しても、我々は安泰《あんたい》ってことか」

「そうなるな」

ネズビット機長は、すぐにこのことを島に報告する。

数分後、上官より空母攻撃を許可するとの返答が届いたが、ミッドウェー島の側でもその仮説をどう解釈すべきかに議論があったのだろう。

ワイルドメイズは針路を昨日空母がいたあたりに向ける。一日あれば空母もかなり移動できるが、もし敵がミッドウェー島を攻撃するならば、一定範囲にとどまらねばならない。

その範囲を重点的に偵察する。そこより離れたところに空母がいたとしても、ミッドウェー島への攻撃は困難だろう。

そうして空母がいるべき場所を偵察するが、敵空母の姿はない。ワイルドメイズは燃料がぎりぎりになるまで問題の領域を飛行したが、敵空母の姿も迎撃戦闘機も現れなかった。

「帰還する！　第一航空艦隊は撤退した！」

ワイルドメイズはミッドウェー島に帰還した。

ミッドウェー島は守られた。しかし、前日の激闘を戦い抜いた将兵には、なんら達成感はなかった。

2

呉の海軍工廠はおおわらわだった。ミッドウェー海戦で損傷を受けた戦艦大和の緊急修理が始まったためだ。

戦艦大和の艦尾には修理作業を指揮するプレハブ小屋が建てられ、作業の監督らが詰めていた。

高柳艦長もまた、その修理作業の報告を受ける立場であった。

「修理そのものは単純です」

工廠の技師長は断言した。

「つまり、元に戻すのは難しくないのだな」

「難しくはありません」

技師長は断じる。

「問題は､元に戻すべきかどうかということです」

「どういうことだ、技師長？」

「戦艦大和は、いや我が帝国海軍の軍艦は、火災に対して深刻な欠陥を抱えていることが明らかになりました。応急に関しても組織体制は万全とは言えない。

それらを改善しなければ、帝国の軍艦はマッチを投げ込まれたドラム缶のように易々と炎上する可能性があります」

技師長は、さらに驚くべき分析を述べた。

「第一航空艦隊は兵装転換を繰り返しておりましたが、もしもあの時、敵の爆撃機から一つでも爆弾が投下されていれば、空母は瞬時に大火災を起こしていたでしょう。

南雲長官の命令で、四隻すべてで兵装転換が行われていたことを考えるなら、最悪、四隻の空母が松明《たいまつ》になっていたとしても不思議ではない。

おわかりですか、艦長。問題は大和一隻にとどまらない、海軍全体の問題なのです」

高柳艦長は血の気が失せた。戦艦大和の火災が鎮火できないまま、三番砲塔に注水させたことを思えば、空母四隻を失う可能性があったという指摘は、信じがたいとしても、笑い飛ばせる話ではない。

「解決策はあるのか？」

「大和に関しては目処はたちます。不燃性塗料については艦艇用ではほぼ研究さえされておりませんでしたが、海軍施設本部が木造家屋の不燃化のための塗料を研究していました。

成績は上々で艦艇用途料にも転用可能ですが、歩留まりがよくない。とりあえずは大和の再塗装は可能ですが、空母四隻を塗り直すには足りません。

難燃性の被覆材料も、やはり施設本部が研究しているものが使えますが、同様の理由で当座は大和だけです」

「なぜ施設本部だけがそんな技術を?」

技師長はちょっと気まずそうな表情を浮かべた。

「施設本部は海外から色々な技術を導入していたのです。塗料や被覆材については、野戦築城での木造家屋の強化という課題があったようです。その流れです」

それは言い換えるなら、造船官たちは海外の進んだ技術の導入に消極的であり、塗料の問題など深く考えていなかったが、施設本部の技術者たちは自分たちの遅れを素直に認め、謙虚に学んでいた。

その差が、塗料や被覆の問題解決が造船官からではなく、施設本部からなされた理由だろう。もっとも高柳は、だからといって造船官たちを責める気にはなれない。その問題は、自分たち兵科将校にも返ってくる問題ではないか? そんな気がしたからである。

「難燃性だけが問題か」

「問題は二つに分けられる。つまり、燃えにくい技術と消しやすい技術の両面です。

具体的には消火装置の改善です。これは発泡式の消火装置を多数設置するほか、電路の中に炭酸ガスを放出して、火災を止めるなどの処置を行います。

ほかにもディーゼルエンジンの発電装置を分散し、電力の完全途絶を抑止する。造船官側としては、可能な選択肢は以上です」

「造船官側というと、用兵側にも何かあるというのか」

技師長は紙を出す。それは大和の模式図らしい。

「応急にあたる人間の適正配置と指揮の改善が必要です。結論を言えば、増員が必要でしょう。艦全体で損傷部位について状況を把握し、適切な対応のできる態勢が必要です」

「しかし、これだけの巨艦で全体像を掌握するのは容易ではあるまい。平時ならまだしも、戦時に損傷を受けての応急だぞ」

「それは考えてあります。まず艦全体を機関部とそれを除く四区画に分離し、その区画内に応急指揮所を作る。そして、それらの応急指揮所から報告を受け、全体を統括する中央応急指揮所を設ける。

　そうすれば現場対応と、全体状況の把握という矛盾する問題を解決できます。ただこれは、用兵側の協力なしに実現はおぼつきません」

　高柳艦長は考える。

　いままで自分は、応急などは戦闘のついでに行うものだと思っていた。分厚い装甲で守られた戦艦なればこそ、致命傷を負うことはなく、わずかな損傷部位を修理すればいい。それが彼の応急に対する認識だった。

　ミッドウェー海戦で戦艦大和は傷ついた。それさえも彼の認識では、たまたま当たりどころが悪かった程度のものだった。三番砲塔に注水をせざるを得なかったが、砲戦を行ったわけではなく、爆弾も装甲を貫通したわけではない。

　だが、いまこうして技師長と話していて、自分たちは想像以上に危険にさらされていたことを彼ははっきりと認識した。

「空母はどうなるのだ？」

「修理中の翔鶴は、すでに工事が始まっています。塗装は必要ですから塗料を不燃性にすればいい。発泡消火装置はすでに装備済みです」

「装備済みなのか」

「もともと翔鶴の火災に手を焼いたことで開発されたものですから」

どうも珊瑚海海戦で塗料の燃焼などは起きていたが、艦載機の延焼などから問題が埋れていたらしい。それよりも広域の消火をどうするか、そこが論点になり、発泡装置が考案されたという。

「実験のため海軍某所の倉庫に石鹸水が貯蔵されたのですが、タンクの操作ミスで、一晩かけて石鹸水が漏れるなんてこともありました。

倉庫が高台に置かれていたので、周辺の道路は泡だらけになりましたよ」

技師長はそんな話も披露しながら、発泡消火器の開発は以前より進められていたことを高柳に話した。

高柳はそれでも、自分たちの応急はそれくらいの改善で完璧になるのか疑問が残った。それに対して技師長は言う。

「完璧になるのではなく、完璧にするのです。応急とは人馬一体。軍艦と乗員で完璧に育てていくべきものなのです」

「人馬一体ですか……」

高柳艦長には、その言葉はとても重かった。乗員たちの働きで軍艦の戦闘力が決まるなら、同じく乗員たちの働きで応急の出来も違ってくる。

畢竟《ひっきょう》、軍艦の攻めの強さも守りの強さも、乗員の質で決まるのだ。

3

ミッドウェー作戦の結果は、軍令部と連合艦隊の関係をますます複雑化してしまった。

もともと山本連合艦隊司令長官が辞職もちらつかせて軍令部に飲ませた作戦である。それだけにミッドウェー島の上陸を中止したことに軍令部内はもちろん、身内であるはずの連合艦隊内部からも山本への非難の声が上がっていた。

意外なことに、陸軍はこの件に関して中立を維持していた。陸軍は上陸部隊として一木《いちき》清直《きよなお》大佐率いる連隊を派遣していたが、派兵しないならそれに越したことはないという立場であった。

日華事変から南方の資源地帯まで、陸軍としては兵力が足りないのである。絶海の孤島に一個連隊など、本音では出したくない。だから作戦中止は歓迎こそすれ、クレームなどあり得なかった。

ただし、ここで陸軍がいれば、海軍内部の対立の仲介者となれる可能性もあったのだが、そうした仲介役がいないだけに対立は先鋭化した。

もっとも批判の内容は、立場によりかなり違っていた。例えば「山本長官は大和が攻撃され、火災が起きたので臆病風に吹かれて撤退した」などというものがあった。

さすがに、まともな海軍将校はそんな中傷めいた話など問題にしなかった。

問題は、「敵空母を撃破したから撤退した」と「敵空母を撃破したのに撤退した」という二つの解釈が、作戦参加部隊に存在したことだった。

山本五十六連合艦隊司令長官は「ＭＩ作戦の目的は、島を攻撃することで敵艦隊をおびき寄せ、これを撃破する点にある」としていたという。

これは連合艦隊司令部の中では既知のことであった。しかし、一方の第一航空艦隊はミッドウェー島の攻略こそが作戦目的だと、南雲司令長官以下の人間たちは信じていたのだ。

つまり、連合艦隊司令部と第一航空艦隊の将兵は、作戦目的が一致しないままに作戦を実行していたのである。

このことから第一航空艦隊では、連合艦隊司令部の作戦指導に不満と不備を指摘する意見が相次いだ。

「作戦目的が敵艦隊にあるとはっきりしていたら、兵装転換で無駄な時間を費やす必要はなかった」

「幸いにも作戦が成功したからよかったものの、この意思の疎通の悪さは第一航空艦隊が大敗した可能性もあった」

それらが代表的な意見であった。

こうした議論の中で、軍令部からは連合艦隊司令部の統率力について疑念が出された。これは次の作戦について、連合艦隊司令部の掣肘《せいちゅう》を排除する意図によるものだった。

議論はそれだけにとどまらなかった。戦艦大和の行動を第一航空艦隊がまったく知らなかったことから、意思疎通の悪さが指弾されていたわけだが、それはきっかけに過ぎなかった。

利根の水偵の情報が迅速に届かなかった点や報告の不備、索敵線の手薄さの問題などが次々と指摘された。

さらに作戦中の兵装転換の是非まで、第一航空艦隊そのものが内包する問題にも波及した。しかしそれは、日本海軍全体に通じる問題でもあった。

山本五十六連合艦隊司令長官の巧みなところは、司令部の責任問題になりかけていた問題を、現場の通信や索敵の問題へと転換したことだった。

「連合艦隊全体の問題として、戦域情報管理の抜本的な問題解決が図られるべきである」

山本のこの発言は、連合艦隊司令部の作戦指導に掣肘を加えようとする軍令部へのカウンターの意味もあった。

カウンターの意味はあったが、山本の指摘は現場部隊では真剣に受け止められた。現場は司令部相互や軍令部との軋轢《あつれき》など知るはずもなかったが、現実問題として通信が円滑にいかなかった事実を体験として知っていた。

そして、通信の問題は意外に根深いことがわかった。例えば、利根の水偵の報告の不備にしても、当初は訓練や教育の問題と考えられていた。

しかし、関係者から事情を聞いていると、それほど単純な話ではないことがわかってくる。つまり、偵察機の搭乗員たちに連合艦隊司令部の作戦意図が正しく伝わっていなかったため、何を重点とすべきかの立脚点が違っていたのだ。

搭乗員たちに与えられていた情報を総合すれば、事前に準備した飛行艇隊からは真珠湾に空母が在泊かどうかの情報がない。少なくとも空母部隊が出撃していたという情報を、彼らは把握していない。

つまり、重巡利根では敵空母が進出していないという認識しかなかった。これは哨戒配置についているはずの潜水艦からも空母を発見したという情報がないことからも強化された。

　そもそも真珠湾作戦にも参加した利根の偵察機搭乗員が、空母の有無について考えないなどあり得るはずもない。

　彼らの視点では、「島を占領する作戦で」「空母部隊は出動しておらず」「その中で水上艦艇部隊を発見した」という論理である。だから空母に言及するはずはない。彼らにとって、空母はいないのが前提だからだ。

　こうしたことが明らかになると、ミッドウェー作戦の目的に対して艦隊ごとに認識の相違があるだけではなく、敵情に関する分析や情報についても共有されていないことが明らかになった。

　もし真珠湾の偵察が失敗し、潜水艦部隊の哨戒線の設定も成功していなかったことを利根の水偵が理解していれば、彼らの偵察は「島の周辺の偵察」から「空母部隊の有無」になっていたというのだ。

　この状況認識の違いは、連合艦隊敵信班が敵空母の存在を察知しながら、第一航空艦隊の敵信班はそれを知らなかったという事実が明らかになることで、関係者の衝撃はピークに達した。

　山本司令長官自身、自分の言ったことが、まさかここまで深刻な問題を引き起こすとは思ってもみなかった。

　とりあえずは、確実な通信を行うことと情報共有という問題に絞られたが、これも簡単ではなかった。

大和よりミッドウェー島の近くにいたはずの空母赤城で、空母の通信符号を傍受できず、大和では傍受できた問題も、無線装置や敵信班の能力という観点で調査された。

そこでわかったのは、敵信班の能力とは担当者の属人性に非常に強く左右されるという事実であった。何を重視するのか、敵の動きをどう読むのか、そのほとんどが職人技であることだった。

だから艦隊の敵信班の能力を向上させるというのは、予想以上に困難だった。弱いところを強化しようとしたら、名人を移動させることになる。それで強化が成功するかどうかもわからないが、名人の不在を埋められず、元の敵信班が弱体化するのは間違いない。

結局、敵信班は連合艦隊の敵信班がすべての人材を一箇所に集めて、強力な組織を編成することとなった。名人を一箇所に集めて戦域情報を分析させれば、取りこぼしはないはずという理屈だ。

これに合わせて演習事故で五番砲塔を撤去した戦艦日向《ひゅうが》を、情報収集艦に改造することとなった。

なにより時間がもったいない。六番砲塔もクレーンで力技で撤去し――これは別の場所で砲台として活用されることとなった――これらのあいた円筒形の空間には、すっぽり収まるように円筒形の建屋が併設されていた。

つまり、砲塔撤去工事と並行して艦外で円筒形の建物が組み上げられ、やはりクレーンで砲塔跡のターレットに差し込まれたのである。これらの円筒には各種の無線通信設備が詰め込まれた。

そして、五番砲塔から六番砲塔までは全通甲板となり、ここに各種のアンテナが並べられた。これにより戦域に接近して、敵の通信電波を漏れなく傍受する態勢が整えられた。

艦尾のカタパルトは従来のままだったが、一段高い場所に全通甲板ができたことで、水偵格納庫が拡張された。

そしてここに、特殊装備の零式艦上偵察機が二機装備されることとなった。

この飛行機も通信電波の傍受を行うが、上空でアンテナ線を展開し、移動しながら電波傍受ができた。これにより同一電波源を複数の位置から計測して、相手の位置を絞り込むことも可能となった。

これ以外に、零戦を水上機化した水上戦闘機が護衛用に二機搭載されている。これが日向の航空兵装のすべてである。

日向の改造は伊勢《いせ》型、扶桑《ふそう》型戦艦の活用法の模索としての意味もあった。有力とはいえ、旧式戦艦を今日的な海軍の中でどう活用するかというのは、戦備に限界のある日本海軍にとって重要な問題であった。

こうした改善が進められる中で、ミッドウェー作戦後の海軍の作戦計画について議論は続けられた。

そして、連合艦隊司令部と軍令部の対立はミッドウェー作戦後の軋轢《あつれき》もあり、いささか互いに感情的になる部分も見られた。

最大の問題は、軍令部の米豪遮断作戦に連合艦隊側が、つまり山本司令長官が興味を持っていないことだ。山本司令長官は明言はしないが、ハワイ攻略を考えていると軍令部は見ていた。

確かに米太平洋艦隊がハワイを失えば、太平洋での作戦展開はほぼ不可能となるだろう。

それは軍令部でもわかっていたが、ハワイ攻略は山本が唱えるほど簡単ではないことも十分承知していた。

ハワイを占領できるだけの海軍力があるかどうか。真珠湾作戦を成功させ、主力艦はないかもしれない。だが、本質的な問題は別にある。

米太平洋艦隊が、ハワイから容易に日本近海で海上封鎖などができないのは、ハワイと日本までの兵站《へいたん》線の維持が困難であるからだ。

同じことは日本にも言える。委任統治領はあるとはいえ、それを兵站拠点にするには施設の状況はあまりにもお粗末だ。

つまりハワイ攻略には、日本からハワイまでの兵站の維持という重要な問題がある。それは海運力に比例するが、海運力世界第三位が日本なのは事実としても、第一位はアメリカでありイギリスだ。

仮に兵站の問題が解決できたとしても、占領するには陸軍の協力が不可欠である。ハワイを占領する場合、陸軍の試算では二個師団が必要となる。平時編成ではなく戦時編成の二個師団であるから、総兵力は五万人に近い。

南方の資源地帯の占領なら、陸海軍ともにメリットがあるから共闘も成立し得たが、ハワイ占領作戦に陸軍のメリットは何もない。そんな作戦に陸軍が二個師団も出すかについてはかなり疑問であろう。

それも解決がついたとして、さらに問題なのはハワイの占領地行政だ。

ハワイは食料などほとんどをアメリカ本土からの輸入に依存している。そんな土地を占領したとなれば、日本が市民生活に必要な物資を供給しなければならない。

南方の資源地帯の物資を右から左に移動しても、それが可能かわからないし、可能だとしてもアメリカ市民の生活のために供給するとなれば、なんのために南方まで派兵したのかわからない。

そうしたことを冷静に考えるなら、ハワイ占領作戦などあり得ない。だが、山本は実行したいらしい。米豪遮断を軽視するというのはそういうことだろう。

ただ、軍令部の米豪遮断作戦に関して、山本もハワイ奇襲作戦などを提案してみるものの、意外なことに軍令部に折れて、それを容認した。

制度上は、軍令部の命令に連合艦隊司令部は従う立場であるから、これそのものは不思議でもなんでもない。だが、真珠湾作戦やミッドウェー作戦で軍令部と激しくぶつかってきた山本を知る人間には、意外に思われた。

とはいえ、富岡定俊《とみおかさだとし》大佐など軍令部の幹部にも、最近の情勢からそうした軟化に驚かない人もいた。ミッドウェー作戦での軍令部の作戦目的の混乱など、連合艦隊司令部ですら「山本勇退論」が囁《ささや》かれ始めていた。

かつてのように辞任で脅すのが難しいことは、山本本人が感じているはずだというのが、彼らの見解だ。

軍令部課長の富岡大佐などは「勇退論がなかったとしても、さすがに三度も辞任をちらつかせることはできないだろう」と述べていたほどだ。

こうして米豪遮断作戦は決まったが、しかし、具体的な作戦について方針は定まらなかった。

「第一航空艦隊の六隻の空母に、飛鷹《ひよう》・隼鷹《じゅんよう》などの有力改造空母も就役した。これら空母八隻があるなら、米豪遮断は空母中心で行うべきである。

ミッドウェー海戦のことを考えるなら、空母四隻を単位とした二個機動部隊建設も選択肢としてあり得る」

こうした主張がある一方で反対意見もあった。

それは米太平洋艦隊からの発表によるもので、珊瑚海海戦で撃沈したと考えていた空母ヨークタウンは実は健在であり、ミッドウェー海戦でついに沈められたというのだ。

だから、当初のサラトガだけ健在という予測は間違いで、空母サラトガのほかにホーネットもまた健在とわかったのだ。

「米海軍には、なお二隻の大型正規空母が残っている。この二隻を撃破するまで楽観はできない。

ゲリラ戦に持ち込まれれば非常に厄介だ。

むしろ、ここは基地航空隊を中心に展開し、空母部隊はその補助に徹するべきだ」

さらに米豪遮断と言っても、ソロモン海を制圧すべきなのか、それともポートモレスビーを占領すべきなのかという問題があった。

「ポートモレスビーを占領するための陸軍兵力としては、ミッドウェー島占領のために陸軍から派遣されていた一木支隊が使えるだろう」

そうした意見もあり、連合艦隊が米豪遮断作戦に協力的とはいえ、どこから、何で攻めていくのかの議論は容易にまとまりそうになかった。

この混乱状況に収束をもたらしたのは、第四艦隊司令長官の井上成美《いのうえしげよし》中将だった。

「空母四隻にてポートモレスビーを攻撃し、そこを占領する。空母の制空権下でニューギニアに航空要塞を建設すれば、そこから北豪を攻撃できる。

オーストラリア本土を直接攻撃されたとなれば、米太平洋艦隊も静観はできず、二隻の空母を出してくるだろう。それを撃破すれば、太平洋に脅威はない。

仮に出してこなければ、ポートモレスビーは攻略できる。どちらに転んでも、日本海軍にはマイナスにならない」

空母四隻というのは、いくつかの海峡を通過しなければならないポートモレスビー周辺の狭い海域で四隻以上の空母を展開するのは難しいという判断のためだ。

井上司令長官はミッドウェー海戦の戦闘詳報を第四艦隊にも分析させ、護衛の駆逐艦の対空戦闘能力の問題を指摘していた。

主砲を両用砲にするのが理想だが、急場にそれは無理なので、当面は対空機銃の増設で対応するしかない。

海軍としては、秋月《あきづき》型駆逐艦という対空戦闘重視の駆逐艦を建造していたが、高級すぎて建造には時間がかかりすぎるため、艦政本部ではもっと簡便な防空艦も検討していた。

正確には丁型駆逐艦という船団護衛などに用い

る補助駆逐艦であり、高性能な艦隊型駆逐艦であ
る甲型が第一線で使われる中で、二線級の用途に
用いるものとして戦前より検討されていた。
　これには海軍の溶接技術の実験という意味も加
味されており、量産性には優れていたが、現時点
では数隻が竣工したに過ぎない。
　井上としては、ポートモレスビー攻略では完成
した丁型駆逐艦を総動員するとしても、大きな防
空陣で空母を守るという構造では四隻が限界とい
うことも、この四隻の根拠であった。
「敵の航空要塞を攻略するからには、防空艦を揃
えねばならん」
　それが井上の結論であった。
　実際のところ丁型は四隻が竣工し、横須賀海軍
鎮守府の防備隊に編入されていたが、それは急遽、
軍令部や海軍省の働きかけにより連合艦隊に移籍
され、さらに第四艦隊に編組されることとなった。
　井上のポートモレスビー攻略作戦には、珊瑚海
海戦の雪辱戦という意味合いもあった。そのため
彼の作戦にかける準備は入念で、ミッドウェー海
戦での軍令部と連合艦隊の論争がなかったとして
も、この作戦を提案していたのではないかとさえ
思われた。
　その一つが、特二式内火艇一二両による戦車隊
である。陸戦隊の一部であるが、これが上陸作戦
に投入される。
　幸い港への上陸作戦なので、特二式内火艇はフ
ロートなしの状態で投入される。そのほうが扱い
が楽だからだ。三七ミリ砲という火力には疑念も
ないわけではなかったが、さすがにポートモレス

ビーの敵軍も戦車戦は想定していないと思われた。

これでわかるように作戦は陸軍と海軍陸戦隊が上陸にあたる。そして、作戦における意思疎通が問題になったばかりなので、陸軍との連絡についても入念な打ち合わせが行われた。

この流れで、第一航空艦隊から一二機の艦爆隊が陸軍部隊の支援戦力とされた。この一二機だけは陸軍部隊と無線電話で直接会話を交わし、上空支援を行うことが決まった。

こうして軍令部と連合艦隊の作戦目的は、ポートモレスビー攻略で一致した。

「よかったですな、司令長官」

第四艦隊参謀長は井上に言う。これですべての軋轢も解消されたと。

だが、井上の解釈は違っていた。

「本当の修羅場は、ポートモレスビー攻略後に来るのかもしれん。所詮は先延ばしだ」

4

米太平洋艦隊司令部は、ミッドウェー海戦の結果に最初は当惑していた。陸軍将兵を乗せた船団まで用意して空母四隻を投入し、新型戦艦こそ中破したものの空母は無事であり、逆に米海軍は空母二隻を失った。

この状況の中で、誰もが日本軍はミッドウェー島を占領すると考えた。そのための防備も固めていた。

にもかかわらず、日本軍は来なかった。上陸船団は引き返し、新型戦艦はもとより、空母部隊まで消えてしまったのだ。

「結論から言えば、山本の目的は我が空母部隊にあり、ミッドウェー島はだしに使われた。そうなります」

レイトン情報参謀の言葉に会議室は言葉もない。

「すると、陸軍将兵を乗せた船団も囮《おとり》だったというのか？　いかな山本でも陽動のために、そんな無駄なことをするのか」

スミス参謀長が吠えるように言うが、レイトンは動じない。

「ほかの指揮官なら、そんな真似はしません。我々を騙すために船団まで編成する。それが山本という男です」

日本勤務時代に山本五十六と直接言葉を交わしたことがあるレイトンにそう言われると、スミスも黙るしかない。

「覚えておられる方も多いと思います。敵のミッドウェー作戦を分析した時、我々は一様に首をひねった。日本海軍がミッドウェー島など占領してどうするのか？

ハワイを監視するとしても、ミッドウェー島が適切かどうかは疑問がある。そもそもハワイ侵攻でも計画しない限り、ミッドウェー島に偵察基地を建設する意味はない。

そもそも占領したとして、日本にミッドウェー島を維持する能力はない。我々はその事実に頭を悩ました。

だが、それもこれもすべて空母部隊をおびき寄せるためとすれば、説明はつきます。我々は山本のトリックにまんまと引っかかってしまった」

ニミッツ米太平洋艦隊司令長官は、レイトンの苦い説明を噛み締めながら考える。じっさい問題は深刻であった。

現時点で使える空母は、サラトガとホーネットしかない。大西洋艦隊にもレンジャーやワスプのような小型空母はあるが、大西洋の戦いにも空母は必要だ。

二隻の空母で第一航空艦隊の六隻と対峙することになる。三倍の戦力差は、こちらが一方的に全滅し、敵は無傷という結果になりかねない。

敵空母のいない場所を奇襲するというゲリラ戦を続けることになるが、国内の士気を考えるなら、いつまでもゲリラ戦ばかりを続けるわけにもいかない。

目に見える勝利があってこそのゲリラ戦だ。

「我々のミスは、ホーネットが健在であることを公開したことかもしれません」

レイトンは言う。

「ホーネットが健在であることを明かしたことの何が問題だ？　少なくとも、それにより我々は日本が我が空母を全滅させたというプロパガンダに反論できた」

「反論など必要なかったのです」

レイトンの言葉にニミッツは苛立ちを覚えた。それでは世論の海軍に対する信頼は、ますます失われるではないか。だが、レイトンの考えは違っていた。

「日本が健在な空母はサラトガだけと思っていたならば、こちらの都合のよい場所にサラトガを誘導すれば、日本軍は自ら望んで罠に飛び込んでくるでしょう。ホーネットは彼らにとって奇襲となる」

レイトンの言葉に、ニミッツは閃くものがあった。

「罠を張るなら、空母二隻を出してもいいのではないか」

それにはレイトンも驚きの表情を浮かべる。

「空母二隻を陽動にするような罠を張るのですか」

ニミッツは近くの海図に線を引く。

「例えばだ。ガダルカナル島とニュージョージア島のムンダの距離は三七〇キロある。中間点は一八五キロだ。

もしムンダとガダルカナル島に航空基地を建設していたら、どうなると思う？　陸上基地は空母二隻と同じだ。しかも爆撃を受けても沈まない。敵の前に空母二隻を進出させ、さらに基地航空隊で挟撃すれば、それは立派な罠ではないか」

太平洋艦隊司令部の幕僚らはざわつく。レイトンは部下に電話をかけ、何かを尋ねる。

「現時点で、ガダルカナル島もニュージョージア島も、どちらも日本軍が進出している兆しはありません」

レイトンの報告を受け、ニミッツは宣言する。

「では、空き地に家を建てようではないか！」

5

ポートモレスビー上陸に先立ち、日本海軍陸戦隊は山脈を挟んでほぼ対称の位置にあるブナ地区に上陸した。陸戦隊と呼んでいるが、実態はもっと複雑だ。

彼らの多くは横須賀の海兵団で教育訓練を受けた下士官兵だが、その教育内容のほとんどは野戦築城に関するものだった。それが第一〇一海軍陸戦隊である。

海軍にはこれとは別に、海軍設営隊という野戦築城を行う専門組織がある。一〇〇番台の陸戦隊は海軍設営隊と運用が違っていた。

これは日華事変の頃から、あまり目立ちはしなかったが問題となっていたことだ。それは航空基地などを建設する時、工事は民間の土建会社などに請け負わせるわけだが、航空基地は軍事目標でもあるため、建設後はもとより建設中も攻撃されることが珍しくなかった。

確かに軍事常識で考えるなら、建設中の航空基地こそ攻撃せねばならない。

ただ、建設現場にいるのはほとんどが土木会社の工員などであり、軍事訓練も受けていなければ、死傷した場合の補償もない。そうした労務面での問題も生じていた。

海軍はこうした中で陸軍の戦闘工兵を範として、戦場でも野戦築城を行う陸戦隊の編成を考え、それが一〇〇番台陸戦隊であった。全員が軍人なので、万が一の場合には対空火器で応戦もできた。

海軍設営隊とは別にこうした陸戦隊を編成するのは屋上屋《おくじょうおく》を重ねるように見えるが、そうではない。

海軍設営隊は技術士官を長とする部隊であり、兵科将校指揮の部隊とは限らないため、戦闘となると難しい問題が生じるのだ。民間人も少なくないという問題もある。

それに対して陸戦隊で編成すれば、そうした軍令承行に関する問題は考えなくてもよくなる。

じっさいブナ地区に滑走路を建設することが敵に明らかになれば、攻撃を受けるのは日を見るよりも明らかだ。だからこそ、第一〇一海軍陸戦隊が投入されることになる。

戦闘部隊なので、彼らが最初に構築したのは機銃座であり、高角砲陣地であった。そうして防備のための態勢を整えてから建設工事にかかるのである。

もっともブナで建設するのは、出撃用の滑走路ではない。本格的な基地建設を行い、完成するのを待つ余裕はないからだ。あくまでもここでの滑走路は、空母部隊の艦載機が不時着するためのものである。

この陸戦隊はブルドーザーのような機械も持っている。隊員たちは戦車と呼んでいるが、もちろん戦車ではない。輸入したブルドーザーの周囲を装甲で覆い、必要なら七・七ミリ機銃を装備できる建設重機だ。

装甲といっても小銃弾を防ぐ程度のものしかないが、敵の銃撃を受けながら工事をするなら、この程度でも十分だ。

装甲を貫通するとなれば、前線まで相応に強力な火器を用意しなければならない。しかし、こんな機械で工事が必要な場所に、装甲を貫通できる重火器を輸送するだけでも難事業だ。したがって、装甲ブルドーザーでも問題ないのである。

このブルドーザーは省力化（一〇〇番台陸戦隊をそうそう編成できないからだ）のためであると創設趣旨にあるように、銃弾が飛び交う戦場での使用を意図していた。

本当なら陸軍工兵が用いているような装甲機材が望ましいが、彼らが用いる装甲作業機などは、野戦築城を目的とする一〇〇番台陸戦隊が求めているものとは違った。

さりとて、ゼロから開発する時間的余裕も技術的経験も乏しいため、輸入したブルドーザーやトラクターを装甲化することで対処したのである。

戦車として考えれば、ブルドーザーやトラクターを装甲化したところで、その性能は最低レベルだろう。そもそも装甲自体が操縦席の周辺を八角に囲んだだけであるから、頭上もがら空きだ。

ただ、陸戦隊は戦車隊ではない。これらの機材は工事現場を移動するだけの機動力と速力があればいいのである。時速四〇キロで一〇〇キロ移動するようなことは考えていない。

作業開始で最初に上陸したのは、まさにこの「戦車」たちだった。それでも五両しかない。ブルドーザーが三両に、トラクターが二両である。

陸戦隊隊長である柳川少佐は、海岸に仮設の指揮所を設けると、そこから物資揚陸と「戦車」の作業に指示を出していた。とりあえず、揚陸物資を集積する更地が必要だ。

「どの程度の滑走路ができそうだ？」

柳川に尋ねられたのは今泉《いまいずみ》技師であった。彼も技術士官だ。

「地盤が予想以上に軟弱ですね。土壌改良をする時間もないとなれば、適地を探し出すよりないでしょう。候補地はいくつか見つけています」

「そうか、それはありがたい」

「空母艦載機の収容ですから、何とかなります。作戦期間中の任務に耐えられるだけですから。長期間の運用を可能とする滑走路なら、やはり土壌改良が必要ですが」

そして今泉は問い返す。

「この作戦が終わっても、この滑走路は残されるんでしょうか」

それは柳川隊長にも正直わからない。命令は仮設滑走路の建設だけだ。しかし、ポートモレスビー攻略後にこの工事は不要になるのか、それとも維持されるのか？

「あくまでも私見だが、おそらく本格的な航空基地建設が行われると思う。ニューギニアをポートモレスビーの基地一つだけで維持するのは無理だろう。それにここは、ポートモレスビーから一六〇キロしか離れていない。ならばここに基地があれば、ポートモレスビーの防衛は完璧になるだろう」

ただ、柳川隊長は別のことも考えていた。海軍戦略にとって、ニューギニアとはどんな位置を占めるのか？

第4章　情報収集艦日向

1

戦艦日向は珊瑚海の沖合を航行していた。戦艦のほかには第四駆逐隊の萩風《はぎかぜ》、舞風《まいかぜ》、野分《のわき》、嵐《あらし》の四隻が左右両舷から戦艦を守っている。

第四駆逐隊の司令は有賀幸作《あるがこうさく》大佐、日向の艦長は松田千秋《まつだちあき》大佐、これら五隻の司令官は桑原虎雄《くわばらとらお》少将であった。

桑原司令官は海軍航空でキャリアを積んできた逸材だが、だからこそ、この部隊の指揮官を委ねられた。つまり、航空戦に関わる情報収集分析にあたって、航空兵力に精通した人物が不可欠という判断からだ。

同時に、ミッドウェー海戦で露呈したのは、海軍でのキャリア形成における情報畑の冷遇問題だった。端的に言えば、海軍で情報分析に精通したところで、それは出世にはつながらない。出世につながらないから人材も集まらないという悪循環だ。

しかし、ミッドウェー海戦で明らかになったのは、勝敗を決するのは情報であるという事実だ。

むろん、情報さえあれば戦闘に勝てるというほど単純な話ではない。しかし、情報収集や分析、伝達がうまくいかねば敗北するか、勝てる戦いでも本来可能な勝利に結びつかない。

ミッドウェー海戦にしても、通信連絡が円滑であったなら、空母二隻ではなく三隻すべてを仕留められただろうし、戦艦大和が深傷《ふかで》を負う必要もなかった。

なによりもその後の戦況分析で、四隻の空母の少なくとも三隻は、兵装転換に手間取っている間に爆撃された可能性があり、その場合、第一航空艦隊は三隻の空母を一度に失う危険性があった。

さらに状況によっては、残された一隻の空母で戦線を維持しなければならないため、最悪、第一航空艦隊は最終的に空母四隻を失う恐れさえあったのである。

連合艦隊幕僚の多くが、この分析結果を最初は信じようとしなかった。しかし、時系列に沿って敵の動きを丹念になぞるなら、この最悪の分析は十分あり得たことを認めざるを得なかった。

この事実は海軍全体を震撼させ、情報分析の専門家を海兵から養成することが決まったほか、優秀な下級士官からの転科も認められるようになった。

下士官や准士官などでも専門教育の強化が行われたのは言うまでもない。短期現役制度でも、この分野の人材活用が検討されているほどだ。

しかしながら、佐官クラスの兵科将校に情報戦の専門家が乏しいのも事実である。

桑原司令官の存在は、航空兵力と情報戦という二つの分野に精通した人材がいない中で、せめて片方に精通した人材をあてることで、その人物にもう一つの分野について実戦経験を積ませるという意味があった。要するに対症療法である。

ただ確かに対症療法ではあるが、それでも大きな前進だ。情報畑で結果を出せば、戦艦部隊の指揮官になれることを桑原は若い将校たちに示しているのである。それはかつて無かったことだ。

桑原自身もそのことは十分に理解していた。だから対症療法とわかっていたが、数学者に話を聞いたり、本を読んだりしていた。彼自身が暗号を解いたりするわけではないが、専門家の話を理解できる程度の見識は必要との判断だ。

それだけのことが必要だと彼が考えたのは、情報収集艦としての日向の装備を見たからだ。

無線通信では、打鍵の癖でどの軍艦からの通信なのかわかるという。なので日向では本格的な機械式暗号機で、タイプライターで打った文字が暗号化されて送信されるようになっていた。

また、情報収集艦という特殊な性格から、この機械式暗号機は通信電波を圧縮して送信していた。もちろん、圧縮した電波を傍受できる無線局は限られており、艦艇部隊にはなかった。

基地通信隊なら傍受できるので、日向からの通信は基地局から各艦艇部隊に転送される構造になっていた。

そしてミッドウェー海戦の反省から、日向の通信はどんなものでも最優先で復号され、転送されることになっていた。

基地局の機械には受信したら、そのことを日向に自動的に知らせる機構がついていた。日向はその信号が受信できなければ、再送することになり、通信の不達は可能な限り回避できるようになっていた。

　これだけの設備まで用意されているとなれば、司令官としても真剣にならざるを得ない。そうした中で、彼は敵信班からの報告を受けた。

「本艦の東北東方面で、米国の貨物船らしい通信を複数傍受いたしました」

「東北東？」

　桑原司令官は海図を見る。何時何分という正確な方位ではないため、東北東ではかなり漠然としているが、ソロモン海のどこかであるのは間違いないようだ。

「貨物船というのは？」

「軍艦の識別符号ではなく、また複数回短い通信を傍受しておりますが、方位はそれほど変化しておりません。これは対象の速力が低いことを意味します。艦隊艦艇の速力より低いのは、貨物船と考えて間違いないかと思われます」

　貨物船、あるいはなんらかの商船が航行しているのか？　しかし、ソロモン海を航行するというのは解せない。そこに連合国軍の基地などないからだ。

　桑原は気がついた。

　単純なことだ。自分は現在位置から東北東に線を伸ばしてソロモン海と解釈したが、方位は方位に過ぎない。北オーストラリアに向かう船舶が自分たちに向かってやってきているとしても、東北東からの電波となる。

　桑原司令官は航海参謀にこの点を確認させた。

「まず、貨物船が本艦に東北東から接近している可能性は低いです。なぜなら本艦も航行中であり、その本艦から見て、方位がほぼ一定で、速力が一〇ノット前後ということは、相対速度差が一〇ノット前後であることを意味します。

　つまり、艦隊速度の艦艇が接近していることになります。ただ速度差が一〇ノットあるので、我々の存在は知らないでしょう。この場合、この艦艇の目的地はケアンズなりタウンズビルである可能性が高い」

　航海参謀はさらに続ける。

「もう一つの可能性は、やはりソロモン海方面を貨物船が航行している場合です。ただ、あくまでもわかるのは方位です。

　ソロモン海の島嶼《とうしょ》に向かっているとも解釈できますが、東部ニューギニアに向かっている可能性もあります」

「東部ニューギニアだと！」

　桑原は改めて海図を見直し、その可能性も否定できないことを認める。

　東部ニューギニアだとすれば問題は厄介だ。そこには第一〇一海軍陸戦隊が予備滑走路の建設を進めている。連合国軍がそれを知っているとは思えないが、日本軍の攻撃目標がポートモレスビーであることは容易に推測できよう。

　そうであるならば、彼らがポートモレスビーを守るため、そこに支援施設を建設することは十分にあり得ることだ。

　桑原司令官は、すぐにそうした分析を第四艦隊司令部に伝達する。艦隊司令部からはすぐに機械式暗号を受信したという信号が届き、さらに一〇分後には関係方面に、通常の暗号文で情報が伝達されたことが日向の通信科からも確認された。

敵の貨物船か貨物船団がどこかに向かっている。その選択肢は東部ニューギニア、北オーストラリア、ソロモン海のいずれかと考えられる。

第四艦隊司令部は、情報収集艦日向の報告から対応策を考えた。敵の不自然な動きは警戒すべきである。「孫氏」も言っているように、敵の不自然な動きは警戒するに越したことはない。

「北オーストラリアに関しては、近隣の潜水艦に警戒を呼びかけました。この方面に関しての備えはこの程度で十分でしょう。こちらに向かっているならば、緊急の脅威とはなりません」

情報参謀が報告する。情報参謀もミッドウェー海戦以降に設けられた役職だ。情報収集艦日向や連合艦隊敵信班との仲介を行うのが主とした業務だ。

だから彼の報告は、連合艦隊敵信班の分析と考えても大きく間違ってはいない。

「厄介なのは、東部ニューギニアとソロモン海での活動の場合です。特に東部ニューギニアが目的であった場合には第一〇一陸戦隊の活動を秘匿し、守る方策が必要になります。

ソロモン海での活動については、その意図を図りかねるため、動きを注視する必要があります。

結論としては、いますぐにできることは飛行艇による索敵です。ただし、東部ニューギニアに関しては、水上艦艇の派遣による警戒は必要でしょう」

井上成美司令長官はうなずく。

ソロモン海で敵軍が何を計画しているにせよ、当面は航空隊により対応できる。それに近い将来のことはともかく、最終的な目的地はラバウルであるのは間違いないわけだが、航空要塞の攻略は一朝一夕にはできないだろう。

対する東部ニューギニアには、防衛拠点となるべきものは何もない。そもそも活動を秘匿しているのも、ポートモレスビーからの攻撃を警戒してのことだ。

敵が貨物船だけ――とは限らないが――で活動しても、ポートモレスビーからのエアカバーで守ることが可能だ。

だとすれば、水上艦隊部隊で第一〇一陸戦隊を守るという選択肢には相応の意味がある。

ただ水上艦艇部隊の派遣という問題は、それほど単純な話ではない。なぜなら、第四艦隊の選択肢はそれほどないからだ。

ポートモレスビー攻略部隊の制空隊である第五航空戦隊や第七航空戦隊を出せるなら、完璧ではあるが、いまここで空母という手札をさらして敵を警戒させるのは得策ではない。

そうなると空母以外の水上艦艇になるが、第四艦隊はそうした面では有力な水上艦艇が少ない。旗艦鳥海《ちょうかい》くらいしかない。

しかし、鳥海一隻では不安が残るのと、艦隊旗艦を動かすこともまた、敵を警戒させるには十分だ。

「防空隊を派遣してはいかがでしょう?」

そう提案したのは参謀長だった。

防空隊とは駆逐艦秋月、照月《てるづき》、松《まつ》、竹《たけ》、梅《うめ》、桃《もも》の六隻による部隊である。六隻とも対空戦闘を重視した駆逐艦ではあるが、秋月、照月はほかの四隻とは性能面でかなり違っていた。

　後の世で言うところのハイローミックスがこの防空隊だ。高性能の秋月型と対空戦闘重視で数を揃える丁型駆逐艦。ただ、ポートモレスビーの脅威から陸戦隊を守るという点では確かに適任だ。

　それに対空戦闘重視とはいえ、主砲は砲弾を変えれば、水上艦船を撃破できるだけの火力はある。相手が貨物船なら容易に撃破できるだろう。

「よし。すぐに私から連合艦隊にかけ合おう」

　井上司令長官はすぐに、トラック島の連合艦隊司令部にこの計画を伝えた。

　しかし、山本五十六司令長官からの返答は、必ずしも井上の期待に添ったものではなかった。

「防空隊を先に東部ニューギニアに進出させた場合、空母の護衛が手薄になる」

　それが山本の返答であった。そう言われれば、井上も無理は言えない。そもそも秋月型なり丁型駆逐艦が、合わせて六隻しかない状況が問題なのである。

　ただ山本も井上の指摘は十分理解し、妥協案を出してきた。それは、松と竹の丁型二隻と重巡利根を派遣する案である。

　対空戦闘駆逐艦としては、この二隻が防空隊から割けるぎりぎりだ。その代わり山本は、水上戦闘機六機を含む八機の水上機を利根に載せ、東部ニューギニアに派遣するとしたのだ。

　この水上戦闘機で迎撃戦闘し、対空火器で陸戦隊を守る。必要なら小型爆弾で敵船舶も攻撃できる。

　この処置に伴い、第一〇一陸戦隊の仮設滑走路についても新たな注文がついた。それは水上戦闘機搭載で弱まった利根の偵察力を補うため、陸偵の運用を可能とすることだった。

　ポートモレスビー攻略作戦における偵察は、仮設滑走路の陸偵で行うというのであった。

　それなら仮設滑走路に零戦を配備すればよさそうに思えるが、重要なのはこれが艦隊防空を意識している点だった。

　情報収集艦日向を側面から補助する戦力として、利根もまた最前線近くで情報収集活動に従事するような構想があったのだ。

　これは海軍の巡洋艦運用が、戦闘艦としての進化の中で、再び偵察巡洋艦的な運用が重視されたことを意味した。

2

「どうだ。陸偵は行けそうか」

　柳川隊長に尋ねられた今泉技師は計算の手を止める。

「爆弾を搭載しないという前提でなら、離発着は可能です。砂利を調達する方法を考えないといけませんが」

「近くの河原を探すか」

「いえ。そのへんの岩に発破をかけて砕きましょう」

　一事が万事で、第一〇一陸戦隊は色々と試行錯誤しながら仮設滑走路の建設を進めていた。

な」

軍人設営隊による野戦築城は、実戦ではこのブナ地区の工事が初めてとなる。そのため色々と試行錯誤が続くのだ。

「ここは相談なのですが……」

「なんだ、技師？」

「陣地構築用の鉄板を一時、こちらに融通してもらいたいのですが」

「融通ってのは？」

「地盤の抜本的な改良の時間はありません。なので軟弱部には鉄板を敷いて、負荷を分散する必要があります」

巡洋艦利根が到着する前に陸偵だけは先行してやってくる。だから残された時間はわずかであった。

「よし、許可しよう。陸偵を迷子にはできんから

3

重巡洋艦利根の兄部《こうべ》勇次《ゆうじ》艦長は、この時点で二機しか搭載されていない零式水上偵察機を、東部ニューギニア方面に飛ばしていた。

東部ニューギニアに対する備えはブナ基地が担当するとはいえ、利根の水偵も無駄ではない。

彼らの水偵は、可能性は低いが敵の船舶が直接ラバウルを扼《やく》するような状況を阻止できるからだ。

何もいないなら、それでもいい。ならば敵は自分たちより南の海域で活動している。つまり、自分たちは敵の頭を押さえられる。

それに兄部艦長としては、ミッドウェー海戦の

反省がある。そこでの通信連絡の曖昧さ、正確には前提条件の確認ができていなかったことが、重要情報の伝達ミスを招いていた。

それは改善されたはずだが、いまここで機会を見つけて確認していかねばならない。

こうして二機の水偵が飛び立った。二段索敵の要領で、時間差をおいて同じ航路を飛ぶ。

「艦長、水偵からの報告です。敵影なし。以上です」

通信長の電話報告に兄部はうなずくだけだ。敵影なしでは報告の妥当性も確認できない。ただ、位置の報告や報告手順に間違いはなく、そこは改善されていると思われた。

「艦長、ポートモレスビー攻略が延期になるという噂がありますが、ご存知ですか」

それを尋ねたのは航海長だった。副長は艦長と同じ配置にはならない。軍令承行順の問題があり、艦長が倒れても副長が指揮を取るための采配だ。

「いや、聞いていないが。どこで聞いた?」

「トラック島でそんな噂が流れているようです。空母の不調で手配がつかないとか」

「いや、聞いてないな。五航戦も七航戦も順調に航行しているはずだが。そもそも空母部隊が動けないなら、戦闘序列や部署に変更があってしかるべきだろう」

「そうですよね」

「そもそも、噂が流れるなどあり得んはずだ。ミッドウェー海戦の反省として、次の作戦目標が水交社でも交わされていたということも反省対象とされていたほどだ。

あの時、敵が空母部隊を準備したのも、そうした噂から敵が知ったという説もあるほどだ」

「そうですか……」

　航海長は不思議そうな表情を浮かべたが兄部艦長は、はたと思い至った。

「謀略か！」

「謀略……敵のですか」

「逆だ。友軍による偽情報だろう。ポートモレスビーが次の戦場になるのは敵も予想しているはずだ。そうであるなら、敵もスパイで情報収集を急ぐだろう。この場合、空母の動向は彼らにとって最大の関心事になる」

「だから、空母が出てこないという噂が流れていたわけですか」

「おそらくな。まぁ、憶測にすぎん。そもそも、これは謀略ですとわかるようでは意味があるまい」

「確かに、そうですな」

　水偵は二機しかないため、明るいうちに何度か進路を変えて偵察が行われた。乗員も整備兵も交代で、満遍なく経験を積むように配慮された。

　しかし、利根の水偵が敵船舶を発見することはなかった。そのことは情報収集艦日向にも通報された。

4

「電子偵察機を出すか」

　桑原司令官は松田艦長に、電子戦用の特殊装備を搭載した水偵を出すように命じた。

　桑原自身、この貨物船に、それも通信電波を傍受したただけの貨物船に、どうしてこだわるのかわからない。ただ、彼の勘がこの不自然な敵の動きに警報を発しているのだ。

色々と不思議なのは、東部ニューギニアに向かっているわけではなく、ソロモン海か北オーストラリアに向かっている点と、いまどき少なくとも通信電波に関しては商船だけということだ。

日本軍を避けるためにコースを変えて北オーストラリアに向かっているという説もあるにはあるのだが、冷静に考えればそれも航路としては不自然だ。

さりとて、貨物船がソロモン海で何をするというのか？

「おそらく、ソロモン海で我々と同様に情報収集をしているのではないか」

それが桑原の結論だった。ソロモン海方面ならニューギニアや北オーストラリア、ラバウルの通信傍受に最適と言える。むろんそれとて仮説だが、不自然さはない。

こうして通信傍受機材を搭載し、零式水上偵察機が発艦した。ある程度の高度を確保したら、偵察機は電線を展開する。グライダーの模型のようなものを尾翼に当たらないように慎重に展開し、ケーブルを伸ばしていく。

グライダーの模型のようなものは、ケーブルの動きを操作するためのもので、曳航しながら高さや方位を調整できた。

そうして燃料の限界まで飛行する。一機が帰還する前に二機目が発艦し、常に通信傍受ができるように動いていた。

その結果、数回だが問題の商船らしき通信を傍受できた。どうやら通信士の打鍵の癖から、船は少なくとも二隻いると思われた。これらの通信は日向でも傍受された。

航空機と戦艦により計測されたことで、発信位置が絞り込まれた。どうやらニュージョージア島らしい。

その報告を受けた桑原は首をひねる。

「ラバウルの陸攻隊は発見できなかったのか。七〇〇キロ程度の距離ではないのか」

いままでなら話はそこで終わっていたが、ミッドウェー海戦以降、こうした疑問点は確認することになっていた。

しばらくしてラバウルから返答があった。

驚いたことに、この間のラバウルの陸攻隊の動きはあまり褒められたものではなかった。主として滑走路工事の問題から、陸攻の稼働率が低下しており、十分な索敵ができなかったというのだ。

ラバウルの滑走路については、規模こそ大きかったが、陸攻が離陸すると砂塵が舞い上がり視界不良になるなど、問題はかねてから指摘されていた。そのため滑走路に重油を撒くなどの対症療法を取ってはいたが、対症療法は対症療法でしかなく、ほとんど効果はなかった。

設営隊の関係者も、コンクリートなりアスファルト舗装をするのが最善であることは理解していた。問題は言うまでもなく、日本からラバウルまで、大量のコンクリートなりアスファルトを確保し、輸送するのは容易でないことだ。

海軍航空の柱を基地航空隊と考えていた井上に

とって、お膝元のラバウルがこんな塩梅《あんばい》であることはかなりのショックであるようで、すぐに滑走路の完全舗装化の手配がなされた。

ただ、これも簡単にはいかず、海軍省まで艦隊司令部の人間が井上の名代として乗り込む必要があったほどだ。

それまで連合艦隊司令部が確保している機材を融通するように申し入れたが、そちらも芳《かんば》しい返答は得られない。なぜなら、連合艦隊は複数の飛行場建設の計画を持っていたためだ。

建設計画があるのは、現時点では密林に覆われているような土地であり、滑走路はおろか道路もない。それに対してラバウルは陸攻の運用が可能であり、優先順位は低いというわけだ。

海軍省との交渉により機材手配の目処は後につくのだが、それはさらに先であり、いまこの時のラバウルの滑走路はそうした状況だったのである。

「ニュージョージア島には陸攻隊を確実に向けるそうだ。一八機の部隊を送るらしい」

「一八機とは、貨物船相手には大盤振る舞いですね」

「捲土重来、失敗した分を取り戻そうというのだろう」

そうして二時間ほど経過した時、彼らは水平線の彼方を通過する陸攻の編隊を認めた。

5

ラバウルから出撃した陸攻隊は、九六式陸攻九機に一式陸攻九機の合計一八機であった。九六式陸攻はすでに二線級の攻撃機ではあったが、それでもマレー沖海戦で活躍するなど、実戦で通用する実力は持っていた。

ただ、軍用機の進歩がめざましいので相対的に九六式は見劣りするように見えるのと、使える飛行機を遊ばせておけるほど日本に機材の余裕がないため、ラバウルでも九六式は現役である。

もっとも実際の運用では速度の差は埋めがたく、九六式が先行し、その後を一式が追いかけ、現場で合流するようなことが行われた。

陸攻隊にとっては真剣勝負である。ほかの部隊が成果を出している中で、自分たちは滑走路の不備で既定の出撃ができず、問題の船舶を発見できていなかったのだ。

今回は情報収集艦の報告も参考にしていた。だから、九六式と一式では針路もずらしてある。九六式が発見できなくても一式が発見できるという布陣である。

しかし、情報収集艦の分析は正しかった。一式陸攻隊との合流前に、彼らは二隻の貨物船を発見した。一万トンクラスの大型貨物船が二隻であり、甲板には上陸用舟艇や車両が山積していた。

九六式陸攻隊の指揮官は、まず写真撮影を命じた。それは事前に命令されていたことだが、彼自身もこの貨物船の動きに不自然なものを感じていた。

最初は護衛の駆逐艦も伴っていない点かと思ったが、すぐに違うとわかった。

甲板に足の踏み場もないほど積まれている機材は、どう見ても、どこかに上陸する物資としか思えない。さもなくば、自動車などどうするというのか？　洋上補給に必要な機材ではあるまい。

九機の陸攻は単縦陣で航行する二隻の貨物船に後方から接近する。雷撃は行わず爆撃だけだ。

ここで予想外のことが起きた。二隻の貨物船から対空火器による反撃があったのだ。護衛艦艇がないのはこのためか。

それは連装一二・七ミリ機銃が二基に高射砲が一門だった。二隻だから火力は倍だ。

確かに貨物船として考えれば、強力な火力と言える。しかし、戦艦をも撃沈した陸攻隊には、その程度の火力で十分とは言えなかった。

九六式陸攻隊は後ろを進む貨物船に攻撃を集中した。確率はそのほうが高いのと、一隻が手負いなら、もう一隻の動きにも掣肘を加えられるとの判断だ。

九六式陸攻は爆撃を行った。一機が二五〇キロ爆弾二基を搭載し、それらを投下する。一八個の爆弾の命中率は三〇パーセント程度であったが、それでも六個の爆弾が命中した。

甲板上の物資を直撃したことで甲板は火の海になった。自動車を満載していたことが、水平爆撃の前では致命的だった。燃料タンクのガソリンもさることながら、そもそも自動車そのものが燃えやすい。

貨物船にとっては地獄としか言いようがない。乗員たちは甲板から脱出したくとも、その甲板が火の海だ。

対空機銃と高角砲の兵員たちが、まず脱出した。炎に囲まれていても彼らでは消火はできない。そして銃弾や砲弾が誘爆したら、犠牲になるのは自分たちだ。

船内の乗員たちは火災から遠い唯一のハッチから消火活動を行った。鎮火などは誰も期待していない。それが不可能なのは明らかだ。

彼らの消火活動は、脱出路確保のためにほかならない。せめてボートを海上に下ろし、甲板から海面に飛び降りるためのルートを作らねばならない。

乗員たちは燃えていない積荷を海に捨てるなどして、人間が集まれる空間を作る。

しかし、それでも多くの乗員が船内に残っていた。そして悲劇が起こる。内部の火災が積荷のダイナマイトに引火し、大規模な誘爆が起きたのだ。

船は一瞬ふくらむと、その圧力は開口部から吹き出し、急激に横転して沈んでしまった。

一瞬にしてたった一隻になった貨物船は、それでも九六式陸攻隊が去ったことで、カッターを下ろして海に飛び込んだ乗員の救助を行いながらも、船自体はニュージョージア島に急いだ。敵機が来るまでに可能な限り島陰に接近し、敵の目をくらまそうとしてだ。

僚船の乗員を見捨てるのは非情に思えるが、自分たちまで全滅しては意味がない。自分たちが逃げ延びたなら、再び助けることができる。救援に向かった乗員たちも、そう説明されていた。

だから数隻の舟艇も降ろされていた。少しでも救難の人手を確保するためだ。

貨物船の予測としては、ラバウルからであろう陸攻隊の第二波が来るのは、最短で第一波の通報を受けてから二時間後、うまくすれば第一波がラバウルに帰還してからの出撃で四時間後となるはずだった。

ところが、第二波は九六式陸攻隊が帰還してから三〇分もしないうちに現れた。まだ最初に撃沈された貨物船の船体が上空から見える程度の距離と時間だ。

第二波の攻撃の結果も僚船と同じであった。五、六発の爆弾が命中し、船は大火災を起こし、爆発して沈没する。ただ最初の攻撃があったため、乗員たちの犠牲者は比較的少ない。何が起こるかが予測できたためだ。

乗員たちは、燃えていない舟艇をともかく海に捨てた。沈んでも沈まなくてもお構いなしに。何隻かは沈んだが、何隻かは浮いていた。これとは別に船の救命ボートも下ろしたので、海に飛び込んでも助かる道は広がった。

なによりも、当座の食料などを満載した舟艇を甲板に並べていたから、救援が来るまで生きながらえることができる。

二隻目の乗員たちのほうが生存者がずっと多かったのは、甲板の舟艇を捨てたので、火災の広がりが抑制されたことと、海上で生き延びるための物資が豊富だったからだろう。

彼らは急派された米海軍の駆逐艦二隻により救われた。この救難作業中に日本軍の偵察機が彼らの上空を飛行したが、日本軍も彼らに対してそれ以上は何もしなかったという。

６

九六式陸攻隊が持ち帰った敵貨物船の写真は連合艦隊敵信班にも送られた。

敵信班は甲板の車両などを詳細に写真分析し、そこに建設重機が認められたことを重視した。

「敵は秘密裏に、ニュージョージア島に航空基地を建設しようとしていたと思われます」

「ニュージョージア島に秘密基地か……」

井上司令長官は連合艦隊敵信班から送られた報告書を前に考える。ニュージョージア島はラバウルまで七〇〇キロ、ニューギニアのブナまで九七〇キロほどある。

なので、ここに航空基地が作られると非常に厄介なことになる。ラバウルが直接攻撃にさらされるだけでなく、ブナ地区を攻撃することで、東部ニューギニアの制空権確保が難しくなる。つまり、それだけポートモレスビー攻略が難しくなる。

最善の策は、すぐにニュージョージア島に日本軍が航空基地を建設し、ラバウル防衛の縦深《じゅうしん》を深め、ポートモレスビー攻略の支援を行うことである。

だが第四艦隊にとって、それはおいそれとできる問題ではなかった。そもそも足元のラバウルの滑走路にも問題を抱えている状況で、新たな基地建設を行う余力がない。

ただこの問題は米豪遮断作戦の問題でもあり、軍令部や連合艦隊とも無関係ではない。

これについては予想以上に交渉は順調に進み、

翌日の夜には第一〇二海軍陸戦隊が派遣されることが軍令部より通知された。

これが異例の早さであることを、井上司令長官もわかっていた。ラバウルの滑走路工事と比較すれば別格の早さだ。

これには理由があるという。まず第一〇二海軍陸戦隊は訓練を終え、次の任地を待っていた。もともとミッドウェー島の野戦築城を考えて、錬成が急がれていたらしい。作戦目的が周知徹底されていないことによる悲喜劇だ。

なので、派遣先が最初からニューギニア戦線と決まっていた一〇一陸戦隊と比較し、ミッドウェー島を考えていた一〇二陸戦隊は宙に浮いた形だった。

さらに、山本司令長官がハワイ攻略を諦め切れていない時期なので、あえて一〇二陸戦隊は残置していたという裏の事情もあったらしい。

だから、ニュージョージア島の基地建設にこの一〇二陸戦隊を投入するのは、ハワイ侵攻をしないと言う山本に対するダメ押しの意図もあったようだ。

だが、一〇二陸戦隊の派遣は決まったものの、それで第四艦隊が何もしなくていいわけではなかった。陸戦隊の後方支援は彼らの役割であり、彼らの安全を図る必要があった。

それには水上艦艇の派遣が不可欠だったが、問題は第四艦隊にはさほど有力艦艇がなかったことだ。重巡鳥海以外、一線級の有力軍艦はないようなものだ。

これについては連合艦隊から派遣してもらうし

かない。井上は空母を要求したが、ポートモレスビー攻略前なので連合艦隊は拒絶した。

下手に空母を出して敵に気取られては困る。それを避けるため、「空母は一ヶ月は動けない」との噂を流していたのだから。

しかし井上としても、ラバウルから七〇〇キロ離れた島にエアカバーを提供し続けることは難しい。

そうした中で連合艦隊との交渉で合意が成立したのが、水上機母艦瑞穂《みずほ》の派遣であった。常用機二四機のこの水上機母艦は技術試験もかねてディーゼルエンジンを採用したが、稼働率の低下もあり、タービン駆動に換装することとなった。

これはかなり大きな作業だったが、この六月に工事が完成し、ようやく現役復帰する条件が揃ったところだった。

ただ、すぐには前線に派遣されなかった。まずミッドウェー海戦の反省から消火設備の改善が加えられ、運用についても見直しが迫られていた。

そもそも瑞穂は、艦隊戦での艦隊の目としての偵察機運用を想定してではなく、甲標的母艦として開発が進められてきた。しかし、ディーゼル主機の不調から低速に甘んじ、甲標的母艦として使える状況ではなかった。

そして機関部の換装が進んでいる間、すでに甲標的母艦に改造する意味がなくなっていた。だから工事完了の時点で水上機母艦である。

つまり、甲標的母艦の必要性が失せた時点で、瑞穂をどうするかという問題が生じた。そうした中での島嶼戦の拡大である。

一〇〇番台陸戦隊が野戦築城を行う時、いかにして制空権の確保を行うか。空母が望ましいが、それだけのために空母を用いるのは非効率なのと、それぞれの島嶼に分散すれば各個撃破の恐れがあった。

そこで、零戦を水上機化した水上戦闘機を水上機母艦に搭載し、島嶼の防空を行うという構想が浮上した。二四機の水上戦闘機隊は、敵に対してかなりの脅威となるだろう。

また、一万トン以上の大型艦艇が近くに存在することは、補給や医療支援の面でもきわめて有効と判断された。

こうして空母の代替として、水上戦闘機母艦である瑞穂が第四艦隊に編組されることになったのだ。

第一〇二海軍陸戦隊の先遣隊を乗せた貨物船三隻は、水上機母艦瑞穂と駆逐艦睦月《むつき》と弥生《やよい》の総計六隻で移動していた。睦月型駆逐艦も、今日では旧式で対空戦闘力も乏しいが、二五ミリ連装機銃が増設されていた。

むしろ瑞穂のほうが強力な対空火器を装備しており、この点でも拠点防衛には適任と思われていた。

「電探は正常に動いているか」

江戸《えど》兵太郎《へいたろう》艦長は何度目かになる質問を電探室に電話する。神経質と思われるかもしれないが、ニュージョージア島が米軍の目的地だったという事実を考えるなら、ここで敵と鉢合わせする可能性は低くない。

日本軍機により貨物船二隻が全滅したという事実を考えるなら、敵軍の選択肢は限られる。敵機の来ない夜間の移動と、敵と戦える戦闘艦による護衛だ。

さすがに敵も空母は出さないだろうし、戦艦も出てこないはずだ。そうなると、護衛船舶は巡洋艦や駆逐艦の可能性が高い。つまり、敵軍もまた自分たちと同水準の武装とすれば、接触すれば戦闘となる。

自分たちも敵も、無尽蔵の戦力があるわけではない。最低限度の戦力で送り出してくるなら、遭遇戦になれば戦力はほぼ互角となる。

しかし日本にせよアメリカにせよ、痛み分けという選択肢はない。どちらかが勝ち、どちらかが負ける。そして、自分たちは負けるわけにはいかない。

必然的に遭遇戦は夜襲となるだろうが、そこで電探がものをいう。ただ、米軍にも電探はあるだろう。ならば、より有効に電探を活用できたほうが勝つ。

そのためには電探室に実戦を意識させねばならないのだ。自分たちには電探の経験が不足しているる。それを実戦前に積み上げねばならないのである。

「電探は正常です」

電探室の返答は素っ気ない。

水上機母艦瑞穂には、対空見張電探と対水上見張電探の二種類が搭載されている。黄鉄鉱の検波器を調整する必要はあるが、それ以外は特に大きな問題はないという。

黄鉄鉱の検波器は、技研の技術士官たちが一笑に付していたものを、民間企業の技術者が実用化に成功したという話は耳にしている。戦艦大和の被弾以降、技術分野でも官民の力関係が変わってきていると聞く。

総力戦時代だからこそ、海軍工廠や技研が「民間に教えてやる」というような思い上がった観念では、技術開発は進まない。そういうことであるらしい。

そのことが、瑞穂に搭載されている電探の性能にも反映しているという。

「対空見張も敵影なしです。周辺に敵はいそうにありません」

駆逐艦によると潜水艦もいないと言う。

そうして朝になる。

「一時の方向に反応があります。敵船舶かもしれません。ただし、停止しているようです」

やはり敵は来たか。ニュージョージア島に双眼望遠鏡を向けた江戸艦長は、島の向こうに船舶のような姿を認めた。マストが見えるのだ。

しかし、それがすぐに沈没した貨物船のマストだとわかる。マストから下は水面下にあり、敵の貨物船は思った以上に島の近くまで来ていたようだ。ただマストが高いので、距離は思ったよりもあるのだろう。

それよりも、こんな沈没船も目視よりも先に察知できたことに、江戸艦長は電探の威力を感じていた。

「貨物船はニュージョージア島に停泊し、揚陸作業に入る。我々はしばらく南下を続け、電探で周辺を捜索する。我々が前進し、いち早く敵を発見できたなら陸戦隊の安全も確保できよう」

水上機母艦瑞穂は前進し、しばらくは電探だけを作動させ、偵察機は出さなかった。ただし、何かあれば第一陣が迎撃に出られる準備は整えられた。

「とりあえず、我らが一歩先んじたか」

7

米太平洋艦隊にとって、ムンダでの基地建設のために派遣した先遣部隊が日本海軍航空隊により全滅したとの報告は、彼らを驚愕させるに十分だった。

無線通信は最小限度であり、しかも商船の通信であるから、日本軍の関心を引くとは思えない。それもたった二隻だ。

なによりも偵察機に発見されたとか、艦艇と接触したわけでもないのに、日本軍機はいきなり現れた。つまり、敵はこちらの居場所を知っていた。

どうしてなのかはわからないが、撃沈されたのは事実だ。

「潜水艦に発見されたのでしょうか」

そうした意見もあったが、それには異論もあった。潜水艦がいたなら、雷撃すればいい話で、わざわざ飛行機で攻撃する必要はないのだ。

「おそらくは、偵察機に発見されていたのを気がつかなかったか何かでしょう。それよりもいますべきは、貨物船が撃沈された理由の詮索ではなく、この事態にいかに対処するかです」

スミス参謀長はそう主張する。それには原因究明に傾注した場合、レイトン情報参謀らに主導権が移ることを牽制する意図もあった。

「何か策はあるのか、参謀長？」

ニミッツは参謀長に疑いの目を向ける。

「ニュージョージア島の基地建設は延期し、ガダルカナル島の基地建設に傾注すべきです」

「それでどうなるのだ、参謀長？」

「ガダルカナル島の基地が完成したのちに、ニュージョージア島の基地建設を行う。日本軍は当然、動くでしょう。

第四艦隊の戦力は重巡一隻を除けば有力軍艦がありません。それらを空母部隊で撃破すれば、日本軍は空母部隊を出してくるはずです」

「そこに、彼らの知らぬ第三の空母としてガダルカナル島を活用するのか？」

「そうです」

ニミッツは、しばし考える。

こちらの空母に対して、日本軍は何隻の空母を出すか？　空母一隻だと思い込ませられるなら、二隻程度しか出さないだろう。

それに対し、もう一隻の空母とガダルカナル島で二対三の戦力比になる。ただ、この作戦で撃破可能なのは空母二隻だろう。日本軍の空母は大型正規空母でも四隻以上ある。

ただし作戦が成功すれば、ガダルカナル島からニュージョージア島までの航空基地がラバウルを扼することになる。ラバウル防衛戦に日本軍空母が出てくるなら、敵空母を各個撃破することが可能となる。

つまり、敵空母部隊が優勢であろうとも、消耗戦に持ち込むなら、日本海軍空母部隊も物量を前にすり潰されてしまうだろう。

「ニュージョージア島の基地設営は最短、どれくらいでできる？」

「基地としての完成は一ヶ月。曲がりなりにも飛行機を運用するなら二週間です」

スミス参謀長が言う。

「ならば、いまはニュージョージア島を捨てよう。そしてガダルカナル島に全戦力を投入する。そうして一刻も早く、ガダルカナル島の基地航空隊を稼働させるのだ」

会議室の幕僚らは、それにより希望を見出したようだった。だがニミッツには、これが消耗戦の始まりだとわかっていた。

第5章　ポートモレスビー攻略戦

1

第五航空戦隊の空母瑞鶴《ずいかく》・翔鶴、第七航空戦隊の空母飛鷹・隼鷹は欺瞞《ぎまん》情報を流すなどして、指定の海域で合流をすませ、ニューギニア島とニューブリテン島の間のダンピール海峡を越えた頃には全部隊の集結を終えていた。

ほかの艦艇は第八戦隊の重巡利根・筑摩《ちくま》、防空隊として駆逐艦秋月・照月・松・竹・梅・桃、それに第一〇戦隊として軽巡長良《ながら》に第一〇駆逐隊の秋雲《あきぐも》・夕雲《ゆうぐも》・巻雲《まきぐも》・風雲《かざぐも》、第一七駆逐隊として谷風《たにかぜ》・浦風《うらかぜ》・浜風《はまかぜ》・磯風《いそかぜ》があった。

この段階でブナに派遣されていた利根などの艦艇は、本隊に戻ったことになる。

実際は、編制としては情報収集艦日向とその駆逐艦も戦闘序列に含まれているが、行動はともにしない。

また、第一〇戦隊も空母部隊と行動をともにするものの、その任務は輸送船団に乗る一木支隊を守ることにあった。当初は、海軍陸戦隊だけという方針だったが、ここに来て陸軍側の協力が得られたのだ。つまり、フィリピンの安全確保には、ニューギニアの確保が必須であるためだ。彼らがその上陸部隊である。

この日、第四艦隊は連合国軍を牽制すべく、ニユージョージア島のムンダに向けて船団を出航させていた。

貨物船による第一〇二海軍陸戦隊の輸送だが、そこには水上機母艦瑞穂が航路の途中から合流していた。ラバウルからの航空支援が難しくなった時点で、それは瑞穂の水上戦闘機隊に引き継がれる。

これらが移動する際、ポートモレスビー攻略隊の出動とは対照的に、意図的に騒がしく通信を交わしていた。

第一〇二海軍陸戦隊にとって有利なのは、すでに先遣隊が本隊を受け入れるための基礎的な作業を進めていたことだ。更地が開かれ、日輪兵舎ではあるが、必要な人数や物資を収容できる建屋が並んでいた。

日輪兵舎は満蒙開拓の中で考案された、後の世で言うところのプレハブ住宅の一種である。円形なのは、最小限度の資材で最大の容積を確保するためだった。

正直、居住性については通常の家屋に比べて勝っているわけではない。しかしながら、ジャングルという環境を考えるなら、日輪兵舎の環境ですら良好な住環境と言えた。自然の猛威から人間を守るという点で、それは十分に機能していた。

日輪兵舎は円形の建屋が独立するだけでなく、大型の日輪兵舎に小型のものが結合して、大きな建屋として使うこともできた。

こうして本隊を収容できるだけのものは用意できていた。もっとも、肝心の滑走路の建設はほとんど進んでいなかった。さすがに先遣隊の規模では、滑走路建設まで着手するのは難しい。

第一〇二陸戦隊を乗せた本隊は、水上機母艦瑞穂の電探を頼りに航行を続けていた。

ニュージョージア島までは順調に航海が続いた。米軍は先日の失敗により、しばらくは動かないのではないか。誰もが、そう考えていた。

これもあって貨物船からの揚陸作業は、比較的のんびりしたものとなった。これは怠けているのとも違う。先遣隊が拠点を設けたと言っても、住居を用意できたというだけで、施設面には未着手のものが多い。

港湾関係などその際たるもので、桟橋さえできていない。物資は大発や艀《はしけ》での移動となるが、海岸に物資を山積しても、そこから拠点までの輸送手段が貧弱だった。

一応、道はできているが、トラックがかろうじて一両通過できる程度である。しかも路面状態はよくない。トラックを使うよりも、トレーラーを履帯式トラクターで牽引したほうが早かった。しかし、そんなものは一組しかないため、海岸からの物資輸送は、人力やリヤカーなどを活用するよりなかった。

そういう状況なので、無闇に運び上げてもあまり意味がないのである。それでも人間で運べるものは人間が運んでいるが、砲弾や火砲の類いとなると、やはり機械力に依存することになる。

先遣隊が日輪兵舎を建設したのも、輸送力の問題から機材を最小限度にするためだった。

この状況では、オートバイにリヤカーをつけたような三輪自動貨車が一番活躍した。軽いのでぬかるみにはまっても脱出しやすい。ただ先遣隊にそれは一両しかなく、多くは本隊が輸送する機材の中にある。

三輪自動貨車は、生産数では日本の国産自動車の主流を占めているが、陸海軍の関心は薄い。その理由は、第一線の軍用車としての能力が低いためだった。

不整地走行能力も低いし、積載量も小さいので兵員も運べず、火砲の牽引にも使えない。そのため開戦からは生産数も削減され、それらを生産していた工場も航空機部品の生産などにまわされた。

しかし現実には、陸海軍は少なからず三輪自動貨車を導入していた。最前線では使えないとしても、後方ではそれらの活躍する場面は少なくないからだ。

自転車より高速で、オートバイより荷物が積めて、自動車より安価で小回りがきく。部隊によっては司令部の経理に自動車を請求して、代替として三輪自動貨車が送られてくるようなこともあったという。

陸戦隊はこの揚陸作業で、自分たちの経験不足を痛感していた。重いからと車両関係を船倉の下にしていたのだ。

船の重心的には、それは正解だろう。ただし、自動車こそ真っ先に使いたいのに降ろすとなれば、一番最後が車両となる。

第一〇二海軍陸戦隊は、ニュージョージア島の現場でそのような事態に直面していた。それも揚陸が進まない理由である。

過去の戦闘で、米海軍の貨物船が甲板に車両を並べていたので攻撃によって大火災が起こることがあったが、彼らはいま、どうして米軍がそんなことをしていたかを思い知った。

　そうした中で水上機母艦瑞穂の江戸艦長は、電探の動きにだけ神経を向けていた。何か来るとしたら電探に反応があるはずで、ならばすぐに迎撃機を出さねばならない。

　しかし、不思議と敵は動かない。

「あれで諦めたんでしょうか」

　迎撃戦闘機に責任を持つ飛行長の池田《いけだ》中佐が言う。

「飛行長はどう思う?」

「どうでしょう。確かに貨物船二隻が全滅というのは衝撃的でしょうが、貨物線二隻に過ぎない。艦艇は駆逐艦さえ沈んでいません。

　敵にとってこの島の基地建設が戦略的に重要であるなら、しかるべき対応があるはずでは」

「だろうな」

　江戸艦長は自分たちの先遣隊のことを思った。本隊を迎えるために、まず受け入れ態勢を整える先遣隊を送っている。米軍もまた同じことをやっているならば、本隊はすでに用意されているはずだ。

　そうであるなら、敵は何か動いてくるはずだ。それが江戸艦長の結論だった。

　そして、彼の予想は当たった。電探が接近する飛行機の姿を捉えたのだ。

「敵機は単独機です。偵察機と思われる」

　このことは関係方面にも通報された。ポートモレスビー攻略に影響すると判断されたためだ。

すぐに二機の水上戦闘機が迎撃に向かった。ポートモレスビー攻略の支援作戦でもあるから、あえて偵察機に自分たちの姿を見せるという選択肢もなくはない。

しかし、現時点での兵力を相手に知られるのは得策ではない。自分たちの戦力を敵にとっての未知数とすることが重要だ。それだけ敵の注意をニュージョージア島に引きつけることができるだろう。

そうして二機の水上戦闘機が射出された。

2

その水上偵察機はカタリナ飛行艇ではなく、キングフィッシャー偵察機だった。米海軍では一般的な水上偵察機で、主要な軍艦に搭載されている。

その水上機は、ガダルカナル島で基地建設を行う部隊であった。建設に直接タッチするシービーズではなく、警護艦隊である。

彼らがニュージョージア島に偵察機を向けたのは、さほど深い考えがあったわけではなかった。ガダルカナル島で基地建設を行うにあたって、周辺海域に日本軍が活動しているかどうかの確認のためだ。

彼らは過日の先遣隊の全滅に関して、どうやって船団を発見したのかが謎となっていた。

潜水艦説が一番有力であったが、それなら雷撃すればよく、爆撃機に攻撃させる必要はないという疑問があった。魚雷を撃ち尽くしていたのではないかということで説明はつくのだが、それは説明のための説明にしか見えないのも事実である。

ただそれ以外の説明となると、まったく立たないので、消去法で潜水艦とされているだけだ。

むろん、レーダーを装備した軍艦なら船団を発見できるわけだが、ならば砲撃なり雷撃をすればすむことで、やはり爆撃機が攻撃する理由がわからない。

レーダー装備の武装商船が船団を発見したが、一隻では対処できないので爆撃機が来たという説もあったが、ここまでくると妄想の世界に近い。

ともかく、そうした事実関係を確認する意味もあった。活動中の潜水艦か何かを発見できたなら、目的は達成できる。

「下をよく見張れ、島陰に魚雷艇でもいるかもしれん」

機長が部下たちに指示を出す。彼は非武装の雑船が活動していたと考えていた。

日本軍もまたニュージョージア島に何か建設しようとして、そのために雑船を働かせていた。そんな仮説を立てていた。むろん証拠はない。

ただ、彼が重視するのは雑船そのものではない。雑船を必要とするような基地なりなんなりが、この海域に存在する。そういうことである。

例えば、潜水艦基地ならどうか？　潜水艦の運用に雑船は不可欠だ。通常の物資補給だけでなく、魚雷の補給にも雑船は必要なのだ。

飛行場を建設するとなると大ごとだが、潜水艦基地程度なら日本軍が密かに建設するくらい可能だろう。

だからこそ、彼は部下に島陰などを探させていた。しかし、三座の偵察機でみんなが下を見ていたというのは、この時、まさに運がないとしか言えなかった。

「敵水上機、接近中！」

無線員がそれを見つけた時、水上戦闘機二機は驚くほど近くまで接近していた。

ここで無線員は後部機銃での応戦準備と、敵に襲撃されたことの報告の両方を同時に行うことを強いられた。

彼は最低限の通信、「敵水上機と交戦中」とだけ、まず打電した。陸上機でないことが重要だからだ。つまり、ここに陸上基地もなければ空母もいない。

しかし、水上機を搭載できるだけの大型軍艦は近くにいる。水上機という単語で、それだけの情報を伝達できる。

交戦中は現在の状況だが、それは敵機の意志のようなものを感じさせる。水上機同士で戦う必要はない。もともと戦うような飛行機ではないし、互いに生還したほうが得策だ。

にもかかわらず攻撃を仕掛けてきたというのは、敵にとってこの海域には接近してほしくない何かがあるということだ。

しかし、彼にできた通信はそこまでだった。すぐに一二・七ミリ機銃を出し、反撃準備をしなければならない。敵機はすでに銃撃を加えていた。

彼も一二・七ミリ機銃で反撃を加えた。この一二・七ミリ機銃は名機と呼ばれる機関銃だが、相手は二〇ミリ機銃弾であった。炸裂弾であることが大きな違いだ。

無線員は銃撃の合間に通信の追加を行うつもり

だったが、とてもではないがそんな余裕などない。

しかも相手は二機であった。

そうした中で、無線員は銃弾に倒れる。反撃のための銃撃もできないが、なによりも無線通信ができない。そのままキングフィッシャー偵察機は撃墜された。

3

「敵の偵察機は平文で状況報告を行っています。水上機と交戦中、これ以上の通信はありません」

桑原司令官は情報収集艦日向の作戦室でその報告を受けた。

「瑞穂からの報告では、キングフィッシャー偵察機の電探が捉えた敵機であったとのことです」

「カタリナ飛行艇ではないわけか」

桑原司令官は航空畑の人間だけに、それが意味するところはすぐにわかった。

米海軍が広範囲な偵察を行うなら、カタリナ飛行艇を用いるはずだ。そうではなく単発の三座機というのは、比較的近い海域か、さもなくば水偵搭載が可能な大型軍艦からの発艦ということだ。

なるほど、敵の注目を浴びるように陸戦隊は移動していたが、いまここで有力軍艦との遭遇は計算外だった。少なくとも敵艦隊がやってくるとしたら、陸戦隊の上陸が終わってからの接触になると考えられていたためだ。

つまり、敵は予想以上に早く動いていることになる。あるいは、近くに別の目的で活動している部隊があるかだ。

「さて、どう動く……」

　敵は、日本軍の部隊がこの海域にいることは把握しただろうが、それがどの程度の規模であり、何を目的としているかまではわかっていないだろう。

　なにしろ船団が活動していることは派手に無線通信を送っているからわかるだろうが、瑞穂だけは沈黙を守っている。水上戦闘機の母艦がいることを気取られるのは面白くないからだ。

　一方で自分たちもまた、敵がここから北方で活動していることはわかったが、それ以上のことはわからないままだ。

　つまり、日米ともに相手がいることはわかるが、目的も規模もわからない。

　ただ、ニュージョージア島の基地建設は、米豪遮断の一環ではあるが短期的にはポートモレスビー攻略の支援作戦でもある。ここは敵に対して積極的に動くべきかもしれない。

　桑原司令官は、その旨を第四艦隊司令部に報告させる。瑞穂ではなく護衛の駆逐艦からだ。いまはまだ瑞穂の存在は伏せておきたい。

　ほどなく第四艦隊司令部より返信が届く。ラバウルから飛行艇を出すという。瑞穂は当面、その飛行艇を支援するようにとのことだ。

　桑原司令官は自分たちが打って出ようとしていただけに、ラバウルが動くというのはいささか意外な気がした。

　ただ、ラバウルから偵察機が出るというなら、むろんそちらのほうが望ましい。桑原としても、可能な限り自分たちの手の内は明かしたくない。

瑞穂の電探が、ラバウルからの飛行艇の通過を報告したのは数時間後であった。

「すべてが迅速だな」

ガダルカナル島に向かっていた基地建設隊は、旗艦である重巡から偵察のために飛ばしたキングフィッシャー偵察機が撃墜されたことで、貨物船団を沖合に退避させた。

敵の水偵と交戦になり、なぜか撃墜されたらしい。ともかく短い通信を送るのが精一杯であったようだ。あるいは奇襲を受け、反撃の余地もなく撃墜されてしまったのだろう。

この作戦では、ガダルカナル島の基地建設とその維持のためにシービーズと水陸両用部隊として海兵隊が派遣されていたが、数十隻の船舶とその部隊を指揮するのはリッチモンド・ターナー少将であった。

ガダルカナル島への基地建設に動員された艦船は総勢五〇隻を数え、それらは彼の指揮下に置かれていた。

もっとも五〇隻あまりというのは、数の上では印象的だが、内実を言うとほとんどが貨物船だ。三〇隻以上の貨物船が基地建設のための機材や人員を乗せている。短期決戦で勝負に出るのだ。

ターナー少将は現場部隊全体の指揮官の立場だが、直接的には海兵隊の指揮官だ。しかし、上陸部隊の大半がシービーズの人間である。基地建設を急ぐことからくる当然の結果だ。

海兵隊は、敵軍が現れた時の拠点防衛のために存在する。簡単に言えば、シービーズが建設した陣地に海兵隊が入って要塞化するような話だ。

そうした状況であったが、ターナー少将の懸念は航空支援がないことだった。

ミッドウェー海戦の結果、太平洋艦隊の空母はヨークタウンとエンタープライズを失い、ホーネットとサラトガの二隻しかない。そのため航空基地を完成させた後の敵を誘い出す段階まで、これらは安全な場所に置かれていた。

つまり、この上陸作戦に空母の支援はない。敵機に対しては護衛艦艇の対空火器だけが頼りとなる。

それでもニュージョージア島方面に偵察機を出したのは、敵空母は存在せず、撃墜される恐れがないと判断したためだ。ところが撃墜された。

撃墜は水上偵察機によりなされたらしい。それがどういう状況かを詮索しても、なんら生産的な結論には至るまい。

それより敵が水偵を搭載できるような大型軍艦を伴っていることのほうが重要だ。なにがしかの活動が行われていることになる。

彼らがガダルカナル島の動静を探ろうとしているとは考えにくい。場所的にはニュージョージア島の周辺か？

ここで、自分たちはどう動くべきか？

輸送船団は退避させたので、すぐにガダルカナル島が目的地とはわかるまい。自分たちの護衛部隊は前進しているので、敵が来ても何かの調査か示威行動と解釈されるかもしれない。

「ツラギに針路をとれ！」

ターナー少将は護衛部隊の巡洋艦・駆逐艦ばか

りの一〇隻の部隊に命じる。

ツラギはオーストラリア軍の飛行艇基地だったが、日本軍に占領されていた。ただツラギ基地の日本軍の活動は低調で、飛行経路もパターン化していたので回避は容易だった。

それでも多数の飛行艇が飛んでいれば隠れようはないのだが、ツラギ配備の飛行艇は最大で六機程度であった。

それにツラギ基地は連合軍の攻撃で打撃を受け、基地としての稼働率は高くない。

今回の作戦でもツラギや周辺の攻撃は提案されていたが、あくまでも秘密裏にガダルカナル島の基地建設を優先するため、当面は手出ししないことが決まっていた。

しかし、こうした形で接触してしまったからには陽動作戦が必要だ。それにはツラギを攻撃するのが、現状では一番だろう。

過去に攻撃し、そろそろ復旧してきたともいうから、攻撃を仕掛ける時期としてもそれほど悪くはない。

むろん、この攻撃により日本軍の注意を引く可能性は少なからずある。とはいえ、このままガダルカナル島付近で部隊を展開するくらいなら、ツラギ方面を攻撃するのが上策だろう。

日本軍はいずれガダルカナル島での活動に気がつく。それは間違いない。だが、気がつくことくらいは別にいいのだ。重要なのは、基地完成までの間、敵に気取られないことだ。

ターナー少将は、ツラギに接近することはそれほど脅威とは考えていない。水上機基地として活動しているならともかく、稼働率は低い。それはここまでの行程で、ツラギからの飛行艇と遭遇していないことからもわかる。

しかし、レーダーが意外な報告を寄越《よこ》した。

「飛行艇が接近中です。我々を発見するかどうかはわかりませんが、現在の進路なら、その可能性はあります」

「飛行艇ということはラバウルからか？」

「方位的にも、そう解釈するのが妥当かと」

ターナー少将は、ラバウルから偵察機が来る可能性を失念していた自分が信じられなかった。それこそ真っ先に考えるべきことではないか？

しかしターナー少将は、自分たちがなすべきことはほぼないことにも気がついていた。要するに、敵に自分たちの活動を誇示するところに目的があるのだから、ラバウルから飛行艇が来るなら、それはそれで好都合である。

ターナー少将はツラギへの航路を急がせた。可能な限り接近する必要があるからだ。できれば偵察機の前で砲撃したい。

ツラギ基地とその周辺が射程距離内に入ると、彼は艦艇に砲撃を命じた。照準など必要ない。小さな島なのだから照準が甘くても逃げる場所などない。

そもそも基地を破壊するのが主目的ではないのだから、照準はどうでもいい。攻撃したという事実こそ重要だ。

それでも、おおむねツラギ基地周辺に弾着しているらしい。主目的ではないとはいえ、敵基地が破壊できるならそれに越したことはない。ガダルカナル島の基地建設では最大の障害となるのは間違いないからだ。

そうした時に飛行艇が現れる。針路は違っていたはずだが、速力を上げたことではっきりとした航跡が見えたのだろう。

飛行艇は接近すると、ターナー少将の巡洋艦に爆撃を行ったが、むろん命中などしない。

むしろ、彼らにはツラギの状況が重要であるようだった。それもそうだろう。ツラギは基地として万全ではない。そこが攻撃されたのなら、被害状況こそ重要となる。

対空火器の応酬もあり、飛行艇はすぐに消えた。しかし、それから数時間後。レーダーは再びラバウル方面からの航空機を認めた。数は複数である。

ターナー少将は、ガダルカナル島への船団の接近は夜間と考えていた。それに偵察機が発見したからには、ラバウルからなんらかの動きがあることも予想していた。

ただ、彼らも一方的に攻撃されるつもりはない。このことを予想し、船団とは別方向でオーストラリア方向に進んでいた。彼らからすれば、ツラギ攻撃の後に帰還するように見えるだろう。

そして、ラバウルとの距離を考えるなら、これから攻撃を受けるとしても一回だけだろう。二回目以降は夜になる。

ラバウルからの陸攻隊は一八機であった。空母を伴わない艦隊ゆえに戦闘機はいない。

レーダーによれば、陸攻隊は最初はツラギ周辺を目指していたが部隊の航跡を見つけたのか、針路を変えて接近してきた。

奇襲ならともかく、来るはずのものが現れたわけで、対空戦闘の準備はできている。

そしてターナー少将は、全部隊の全速力での移動を命じた。速度が速ければ、それだけ命中確率は下がる。

一八機の陸攻隊が接近する前に、部隊は対空火器を陸攻隊に向ける。

陸攻隊にとって対空火器による応戦は、完全に奇襲であった。この対空火器の攻撃で編隊は大きく乱れた。

陸攻隊はすべて水平爆撃であり、雷撃機はいなかった。水平爆撃でこと足れりという考えのためだ。しかし、対空火器で編隊が乱れたことは、水平爆撃には大きなマイナスだった。

編隊の乱れは限定的だが、水平爆撃の命中率には着実に影響した。爆弾は駆逐艦に一発だけ命中したが、それ以上の被害は出なかった。そして、一八機の陸攻隊は戻って行く。

ターナー少将は、損傷した駆逐艦を僚艦一隻とともに最短距離にあるオーストラリアの港に向かわせ、自分たちはレーダー上の敵機の動きを見ながら、再びガダルカナル島へ針路をとり、泊地手前で船団と合流する。

それは夜のことであったが、上陸部隊は照明を灯し、夜の間に可能な限りの揚陸をすませ、夜明け前に再び沖合に移動する。上陸を日本軍に気取られないためだ。

そして明るくなれば、シービーズがジャングル内に道を開き、拠点建設の下準備を始める。

幸いにも日本軍はガダルカナル島へやってこな

かった。

夜になると再び船団はガダルカナル島に戻り、揚陸作業に入る。二日目は初日よりも効率的な輸送ができた。シービーズの作業により海岸から拠点までの道路もあり、物資輸送が円滑化できたためだ。

完全な道路とは言えなかったが、いざとなればトラクターで悪路から引き上げることもできた。ともかく、彼らは作業の多くで機械力を投入した。

二日目の昼間も、泊地の整備、拠点の拡張と工事計画の立案がなされる。日本軍空母部隊の攻撃を知らされたのは、その日の夕刻だった。

4

ニューギニア島の西、セラム島にある日本海軍のアンボン基地は、主としてチモール島のクーパンの航空基地からダーウィン攻撃を行う時の哨戒と偵察目的に設置された。

配置された第三六海軍航空隊は、水上機基地航空隊であり、水上偵察機や飛行艇が配備されている。

ただ、この時に配備されていた二式飛行艇だけは機体整備こそ三六航空隊だが、実際の機上作業は桑原司令官の傘下にあった。なぜなら、日本海軍初の電子戦機であったからだ。

電子戦機ではあったが、それは運用が独特ということで、後の世で言うところの電子戦機と比較すると単純な機体だ。そもそもはポートモレスビーの地理的な位置関係で、作戦任務にあたって情報収集艦日向が適切な位置につけないという理由から、苦肉の策として生まれたものだ。

開発というより現場の改造で誕生した機体であり、必要な用途には使えたが汎用性はなく、機械としては無駄も多い。ただ、この飛行艇にはポートモレスビー攻略を成功させるために重大な任務が課せられていた。

飛行艇はこの一〇日ほど、毎日未明にアンボンを飛び立っていった。天文台の協力も得て、すべてが時間通りに稼働する。

「発動機始動！」

機長が命じると、金属パイプで組まれた固定台に鎮座する栄エンジンが始動する。四発機のこの飛行艇には、それ以外にも一〇〇〇馬力エンジンが搭載されていた。その意味では四発ではなく、五発機と言えなくもない。

「電流、電圧問題なし！」

専属の機関員が栄エンジンに連動する発電機を調整する。この一〇〇〇馬力エンジンで駆動する発電機が、ポートモレスビーに指向性の強い電波を照射する。

電波の波長や波形は、日向が連日収集したものだ。それはポートモレスビーの対空見張電探の電波である。

奇襲を成功させるにはその電探を無力化する必要があったが、大規模な爆撃ができないこともあり、空襲はなかなか成功していない。

ただポートモレスビーの電探が、場所がニューギニアということもあってか、米軍の最新鋭の電探よりは技術的に旧式のものであった。照射する電波に変化はなく、敵の迎撃態勢にも変化が見られない。

なのでその電探を無力化する電波については、解析が行いやすかった。

可能なら戦艦日向から妨害電波を出せるのがいいのだが、地理的にそれは難しい。仮に可能だとしても、突然の妨害電波はこちらが攻撃を仕掛けようとしていると相手に教えることにもなりかねない。

そのため、この飛行艇はポートモレスビーの東から未明に飛び立ち、妨害電波を送信していた。ポートモレスビーの電探局は、太陽からの電波が電探に干渉すると考えるに違いない。

これは根拠のない話ではない。ヨーロッパの駐在武官の情報で、イギリスのレーダー局が太陽の電波を敵襲と誤認し、迎撃機が出撃したという事例があるのだ。

じっさい迎撃機も一週間ほど出ていたが、それ以降は太陽からの干渉と判断したのか何も現れない。

人工的な電波としても、艦船は見当たらず、航空機で出せる電波強度ではないことも、そうした判断を補強したと思われた。一〇〇〇馬力エンジンの出力すべてを電波送信の電力に投入するような例は、かつてなかったからだ。

そして今日もまた、彼らはアンボンから出撃する。電波強度は最大限で、いつもより強い。ポートモレスビーの電探は、いつもの電波干渉と考えるだろう。

　妨害電波の送信は一時間とする。電子戦機を必要以上にポートモレスビーに接近させるわけにはいかず、また一時間あれば勝敗は決するだろう。おそらく一時間もかからない。三〇分もあれば大丈夫だろう。

　時計を見て機長は叫ぶ。

「送信開始！」

5

　第五航空戦隊と第七航空戦隊の四隻の空母は、ニュージョージア方面の陽動とアンボンの電子戦機の働きもあり、気取られることなくポートモレスビー攻略の配置につくことができた。

　第一次攻撃隊は総計一〇八機で、艦戦と艦爆を中心とした編制となっていた。彼らの目的は、ポートモレスビーの航空隊を地上破壊することであった。それにより制空権を掌握して、上陸部隊の前進を支援する。

　そのため零戦隊も三〇キロ爆弾を搭載し、地上破壊の一助を行うことになっていた。

　四隻の空母による航空隊の出撃は微妙なタイミングで行われた。ブナ地区の沖合から出撃した航空隊は、ポートモレスビーの電探が反応する距離の手前まで前進していた。

　そして、彼らが電探の探知範囲に突入する少し前に、アンボンから出撃した電子戦機が妨害電波を照射する。これでどこまで連合国側の動きを抑えられるかはわからないが、仮に三〇分の遅れを引き出せれば、それで勝敗は決するだろう。

ラバウルの航空隊も遊んでいたわけではない。ポートモレスビーの飛行場がどうなっているのか、写真撮影は行われている。

ポートモレスビーには緊急時用滑走路を含めて六本の滑走路があるが、主たる滑走路は全長二五〇〇メートル、幅五〇メートルの二本の滑走路があるジャクソン地区と、それに隣接する全長二〇〇〇メートル、幅三〇メートルのワーズ地区の二箇所である。

第一陣の攻撃の中心は戦闘機用滑走路のワーズ地区となる。まず艦爆が滑走路を爆撃し、離陸不能とした後に、戦闘機隊と艦爆が掩体を破壊する。

ポートモレスビーの航空基地が頑強なのは、まさにこの掩体などの施設の充実ぶりで、滑走路の周辺にはブドウの房のように掩体が整備されていた。

ポートモレスビーの航空兵力を撃破するには、滑走路の破壊だけでは駄目で、これらの支援施設の破壊も不可欠となる。

航空隊の隊長機だけは艦攻だったが、これは電子戦機の妨害電波を受信するための装備を載せる関係だった。複座ではなく三座機が必要なのである。

電子戦機の飛行艇から電波が出ている間は、敵電探は麻痺状態だろうし、迎撃機も出てこないだろう。逆に、予想以上に短時間で送信が終われば、攻撃は奇襲ではなく強襲になることを覚悟しなければならない。

電子戦機の電波は送信されている。そして、ポートモレスビーが指呼《しこ》の距離になっても、迎撃機は来ない。

ついに攻撃隊はポートモレスビーに到達した。この段階で電子戦機の妨害電波は止まったが、連合国軍にとってはすべてが手遅れだ。

まず、ジャクソン地区とワーズ地区の滑走路に艦爆隊が爆撃を行い、滑走路を使用不能とした。

そして周辺の掩体に対して、零戦隊が急降下をかけながら爆弾を投下し、あるいは機銃掃射をかける。

零戦からの三〇キロ爆弾は、ほとんどが掩体の戦闘機や攻撃機を直撃することはなかった。さすがにそこまでの爆撃精度は期待できない。

しかし、掩体という閉じた空間での爆弾は、内部に爆風と衝撃波をもたらし、近くにあった航空機を破壊する。掩体の内部にあったことが、爆弾の威力をむしろ強化する結果となった。

三つの滑走路周辺の掩体は、ワーズ地区の滑走路を中心に黒煙に包まれていた。多くの航空機が掩体の中で燃えている。

それでも掩体から移動した俊敏な戦闘機や攻撃機もないではなかった。しかし、この状況で誘導路を移動するというのは、決して賢明な判断ではなかった。

それらの航空機は上空の戦闘機から機銃掃射を受けて破壊された。奇襲は完全なる成功だった。

それでも緊急用の滑走路から離陸に成功した戦闘機はあった。

ただし数も少なく、上昇途中に零戦により撃墜され、それらの滑走路の機体も機銃掃射されてしまう。連合国軍もそんな場所まで掩体を充実させるには至らなかった。

第一陣の攻撃で、ポートモレスビーの制空権は完全に日本軍のものとなった。

B17爆撃機などの大型機は滑走路や掩体の中で炎上し、主要な三つの滑走路周辺は完全に破壊されていた。

もちろん対空火器も動いてはいたが、それらは艦爆の反撃を受けた。高射砲陣地も次々と爆撃を受ける。直撃は少なかったが、二五〇キロ爆弾が周辺に落下して無事なはずがない。爆弾の直撃を免れたことは、被害をも免れることを意味しない。

さすがに機銃座のいくつかは残っていたが、高射砲陣地や機関砲陣地に比較して脅威度は低い。

第一次攻撃隊が撤収した段階で、ポートモレスビーはほぼ航空基地としての機能を失っていた。レーダーも破壊され、使用不能だった。

ポートモレスビーの市民にとって、日本軍の空襲はすでに慣れっこだったが、今回ばかりは違っていた。

市街は飛行場からの黒煙に包まれ、友軍の戦闘機も離陸していない。飛んでいるのは日本軍機だけだ。

飛行場の惨状に比較して、ポートモレスビー市内はほぼ無傷であった。それは日本軍が自分たちの街を無傷で手に入れるという意味ではないのか？

ポートモレスビーの市民たちは、去って行く日本軍機を不安げに見送っていた。

6

「ポートモレスビーが攻撃されただと！」

米太平洋艦隊司令部にその報告がなされたのは、驚くべきことにその日の正午近くであった。ポートモレスビーからオーストラリア軍、さらにオーストラリア政府から合衆国政府という流れになったためらしい。

この方面を担当しているゴームリー中将もまた、その報告を正午近くに受けた。

これは単純な情報伝達の不備という話ではなかった。ポートモレスビーの本格的な攻略に対して、オーストラリア軍とオーストラリア政府は、アメリカ軍によるよりはっきりとした安全保障を求めるべきとの結論に達していた。

ニューギニアの足場を失うのは打撃だが、それとて日本軍がオーストラリア本土に上陸してくるよりましだろう。

さすがに、日本軍がオーストラリア全土を占領することはないだろう。しかし、北部オーストラリアを占領することは十分にあり得る。そうなれば、オーストラリア政府は深刻な政治的危機を迎える。

それゆえにオーストラリア政府は、これを現地軍レベルの話にとどめず、政府間の問題として合衆国政府に知らせたのである。

合衆国政府としては、オーストラリア政府の連合国軍からの離脱など認められるはずもない。それは単にオーストラリア一国の問題ではなく、アメリカの対日戦略そのものを覆すこともあり得る話だった。

　結果として、米太平洋艦隊はポートモレスビー攻撃の詳細を、自国政府経由で知らされることとなった。

「オーストラリア政府は、ポートモレスビーを放棄する考えのようです。航空戦力を失い、海上も封鎖されたとなれば、そこを維持するのはほぼ不可能です」

　ニミッツ司令長官も、この時ばかりは部下たちを説得するような口調で報告せざるを得なかった。

「放棄してしまうのは……確かなのですか」

「空母部隊に奇襲され、それが第一航空艦隊とわかった時点で、維持は不可能との決断を下したそうだ。

　オーストラリア政府は、空母部隊をポートモレスビーのために出動させる必要はないとのことだ。いまそれを失われては困ると言ってな」

　ニミッツ司令長官にとって、それは屈辱的な言われようであった。しかし、屈辱的でもそれを正当化する事実があるのも否定できない。ミッドウェー海戦で空母二隻を失い、敵は戦艦大和が中破した程度だ。まるで引き合うものではない。

　オーストラリア政府から見れば、ポートモレスビーで消耗戦を演じるのは得策ではなく、いまは内線の利を生かせる本土防衛に徹するとの判断らしい。

　それはオーストラリア政府が、アメリカに最後通告をしたとも解釈できた。自分たちがここまで後退した以上、次の後退は日本との単独講和しかない。

　それを回避するには、アメリカが実行力のある軍事支援を行えるかどうかにかかっていると。

「しかしながら、オーストラリアまで戦線を下げるのは得策とは思えません」

　スミス参謀長が、ニミッツの意を汲んだかのように主張する。

「結果的に、それはオーストラリア本土に日本軍を近づけるだけです。縦深を深くするためにも、戦線は前進させるべきです」

「そうだとして、どうするのだ、参謀長？」

「大きな作戦の修正は必要ないと思います。ガダルカナル島からポートモレスビーまでは一四〇〇キロ、ブナ地区まで一二〇〇キロありますが、ラバウルまで一〇〇〇キロです。

　ガダルカナル島に基地建設を行い、Ｂ17爆撃機でラバウルを空襲する。そうなると、日本軍は前線を下げなければならない。そうであれば、オーストラリア政府も離脱をちらつかせることもなくなるはずです」

「ポートモレスビーには何もしないのか、参謀長？」

「航空基地に航空戦では芸がない。ここは潜水艦を使うべきです。ポートモレスビーに至る航路を潜水艦で封鎖すれば、降伏するのは今度は日本軍です」

　本当に、そううまくいくのだろうか？　ニミッツ司令長官には懸念もあった。彼もワシントンの海軍省時代には、その方面の担当者だった男だ。

　航路帯を襲撃するというのは、逆に航路帯を警戒されれば潜水艦が危険になるということでもある。むろん参謀長の作戦は傾聴に値するが、実行するには相応の準備がいる。

しかし、躊躇する余裕は自分たちにはない。ともかく作戦を実行し、オーストラリア防衛にアメリカが本気であることを示さねばならない。

「よし、やってみるか」

第6章　悲劇の戦場

1

オーストラリア政府は、ポートモレスビーの放棄を対米交渉の過程でほぼ決定していた。しかし当然のことながら、現場のポートモレスビーの軍司令部も市民も、そうした決定については何も知らなかった。

むろん軍司令部は、万が一の場合について、ポートモレスビーからの撤退計画も持っている。日本軍に降伏し、軍人は武装解除するが、民間人が脱出を完了するまで停戦するなど、いくつかのパターンがあった。

とはいえ、市民から義勇兵を募ってゲリラ戦を展開するというような作戦案はない。

ヨーロッパならそれも可能だろうが、ポートモレスビーから先は人跡未踏のジャングルが広がるニューギニアでは、部隊を支える拠点がなければゲリラ戦など展開できない。ポートモレスビーなくしてゲリラ戦なしなのだ。

しかし、日本軍の奇襲攻撃で航空隊に大打撃を被ったポートモレスビーではあるが、彼らはまだ降伏するつもりはなかった。

まず彼らは、第一航空艦隊から分派された四隻の空母部隊に攻撃されたことを知らない。この方面に日本軍空母はいないはずであり、飛んできたのが陸上機であることから、彼らはブナ地区かどこかの日本軍基地から出撃してきた部隊と考えた。

日本軍がニューギニアにそれだけ大規模な航空基地を建設できるはずもなく、したがって反撃は可能だと彼らは考えたのだ。

確かにポートモレスビーの基地は大打撃を受けはしたが、ケアンズやクックタウンからの航空隊が反撃してくれる。彼らは、そう信じていた。

しかし、オーストラリア陸軍の情報収集分析能力は高かった。戦場で押収した日本語文書の翻訳や分析も、米軍より早期に開始していた。

そうした彼らであるから、第五航空戦隊や第七航空戦隊の空母部隊が攻撃開始と同時に多数の無線通信を行うと、すぐにそれが第一航空艦隊の分遣隊であることを察知した。

だが、そうした情報は現地軍に伝えられなかった。それも当然で、情報機関としては自分たちの情報収集能力を敵に知られるようなことは最大限に避けねばならない。また組織編制的にも、いくつもの機関の手を経なければ情報を現場に伝えることはできなかった。

そのためポートモレスビーの現地軍だけが、自分たちを攻撃しているのが空母部隊であることを知らなかった。彼らが自分たちの状況に疑問を抱き始めたのは、第二次攻撃が行われてからだった。

2

第五航空戦隊と第七航空戦隊による第二次攻撃

は、総計九六機により二時間後に行われた。

　第二次攻撃隊は艦攻による水平爆撃が主体で、艦爆の数は少なかった。そして雷撃機はいない。

　これは井上司令長官の方針であり、敵が降伏した場合に民間人の避難などのため、船舶を確保する必要があるとの判断による。人道的配慮もなくはないが、占領地の民間人を抱え込む負担の増大を嫌ったという意味も大きかった。

　ポートモレスビーの港に軍艦は停泊していなかった。在泊しているのは貨物船に哨戒艇くらいである。基本的に、海上からの攻撃に艦艇で応戦することは考えていないらしい。

　そのかわり大規模な航空基地があり、さらに港の入口に位置する古島には砲台が設置されていた。

　艦攻隊は、この砲台に対して八〇〇キロ爆弾による水平爆撃を行った。幸いにも周辺の風は凪《な》いでおり、それによる爆弾の影響はほぼない。

　爆弾は小さな島の砲台に次々と弾着する。砲台は確かに砲台だが、要塞砲というほど防備は固められておらず、八〇〇キロクラスの爆弾の攻撃には意外に脆かった。

　砲座自体が無事だったとしても、砲兵が倒れれば火砲は動かない。精密機械である大砲は、部品が破損すれば、砲身は無傷でも弾は出ないのである。

　だから、一週間あれば砲台の復活は可能でも、それはほとんど意味がない。機能を失っている間に敵軍は到達してしまうからだ。

　第二陣の攻撃でもっとも出番がなかったのは、零戦隊であった。迎撃すべき戦闘機がポートモレスピーの上空にはいない。それでも爆装している ので、予備滑走路などに温存されていた航空機や、修理すれば飛べるような機体を爆撃したり、機銃掃射をかける。

特に格納庫らしい施設には攻撃を続けた。第一陣はまず制空権確保が優先であるため、基地施設の攻撃は二の次だったが、第二陣はそうした部分にも徹底した攻撃を加えた。

このことはポートモレスビーの現地軍に深刻な影響を与えていた。通信基地施設が破壊されたため、本国との連絡が著しく困難になったのだ。

哨戒艇は機銃掃射を受けて炎上しているし、貨物船は温存されているが、船舶用無線機が直接軍司令部に報告をあげるようにはなっていない。暗号もわかっていないのだ。

それに貨物船は、ともかくポートモレスビーからの脱出を優先していたため、そこがどのように攻撃され、被害状況はどうであるかという情報がそもそもない。

それを言えば、敵機に攻撃されたとはわかっても、「敵機の何に？」という部分はわからなかった。軍人だって敵機の識別は容易ではなく、まして商船の乗員ならなおさらだ。

それでも脱出した商船から、攻撃されたという情報は流れていた。ただそれは直接軍に届いておらず、軍に届くまでには時間がかかった。

そのうえ、商船の報告を受けた担当者は事態の重要性を理解して軍に電話報告をするのだが、善意は善意としても、情報としてはまったくまとまっていない。届いた順番で報告され、軍はむしろその情報で混乱した。

　そして、各商船はやがて船団を編制し、ひとまず北オーストラリアに向かった。そのまま南下すれば六七〇キロでクックタウンに到達できる。

　彼らはある意味で幸運だった。というのも、一航艦による空母部隊の攻撃と並行して重巡筑摩と第一〇戦隊（軽巡長良、駆逐艦秋雲、夕雲、巻雲、風雲、谷風、浦風、浜風、磯風）に警護された上陸部隊がポートモレスビーに接近していたからだ。

　一つ間違えたら、船団はこの上陸部隊とかち合った可能性もあった。しかし、そうした事態はからくも避けられた。

　後の分析では脱出が一時間遅ければ、彼らは日本艦隊により撃破されていたという。もっとも、すべてがそうであったわけではない。

　この時、ポートモレスビーには貨物船アンバーという六〇〇〇トンクラスの貨物船が停泊していた。

　比較的旧式で、罐《かま》の蒸気圧が上がるのに最低でも三〇分はかかるだろうという船である。

　そのこともあったのだろう。アンバーのマチス船長は部下を走らせ、女子供の脱出を優先して受け入れると宣言した。

「一時間後に出港する。脱出したい市民は受け入れる！」

　彼はそう宣言したのである。市長とも軍司令官とも相談しない独断であったが、それを問題とする人間はいなかった。

　上空には日本軍機が飛んでおり、市街への直接攻撃はまだないものの、制空権を掌握されている以上、何が起こるかわからない。

状況が状況であるから、すべての市民がアンバーのことを知ったわけではなかった。アンバーが出港するまで、その存在を知らない者もいないではなかった。

しかし、多くの市民が今回の攻撃が通常とは違うことをはっきりと認識していた。なぜなら、頭上を飛行するのは敵機だけで、友軍機の姿がないからだ。

空中戦により撃墜される飛行機の姿もない。つまり、空中戦さえ起きておらず、それはつまり、友軍機は離陸さえできなかったということだ。

そのため先が見える市民の多くは、港の船により脱出することを考えていた。だから、港近くには意外に多くの市民が集まっており、それらはアンバーに短時間で乗り込むことができた。

幸か不幸か、開戦後はポートモレスビーの街も婦女子を中心として本国への避難は行われていた。ただ、軍を維持する拠点としての都市機能も必要であり、市民の多くは残らざるを得なかった。

こうした状況での避難である。これには不公平という意見もないではなかったが、頭上に日本軍機が飛んでいる中では大きな動きにはつながらなかった。乗員の定員に限度がある以上、早い者勝ちにならざるを得ない。

このマチス船長の行動に、軍司令官も行政の担当者も異議を唱えなかった。ここが戦場になるならば、婦女子は足手まといになる。そうした判断のためだ。

こうして時間が来たので、マチス船長は貨物船アンバーを出港させる。乗れない人間は置いていった。それは船長の権限だ。

ただし、それだけではない。一時間前には衝動的に婦女子を脱出させると言ったものの、いまこうして出港時間が迫ってみると、自分の判断に疑問が生じたからだ。

敵が活動している中で、出港するのと、とどまるのはどちらが正しいのか？　全員を乗せて自分たちが沈めば全滅だ。もしポートモレスビーにとどまるのが正しい選択なら、乗れなかった人間は、幸運ということになろう。

マチス船長は、だからすべてを神に委ね、人間である自分が小賢しい判断をすることをやめた。助かるのも助からないのも、すべて神の思し召しだ。

ただ、脱出したほうが勝ちであるような気もしてきた。なぜなら、自分たちより一時間も前に出港した船舶は、特に敵にも襲われていない。やはり脱出が安全なのだ。

だが、マチス船長は己の判断の誤りと神の意志を目のあたりにする。貨物船アンバーただ一隻が、第一〇戦隊と遭遇したのだ。

もっとも、マチス船長には意外であったことに、日本艦隊はアンバーの船首前方に砲撃を加えはしたが、それは国際法に則った停船命令であった。

マチス船長は停船し、日本軍の臨検を受けた。三〇人ほどの武装した日本兵が貨物船アンバーに乗り込み、船内を捜索し、そして指揮官らしい人物があまり流暢《りゅうちょう》ではない英語で言う。

「行ってよい」

マチス船長は最初、何を言われているかわからなかった。拿捕《だほ》されることもなく、このまま航行を続けてよいというのだ。

「なぜだ？」

マチスはつい、そう尋ねてしまった。それに対して指揮官は、やはりたどたどしい英語で説明する。

それによると、この船は純然たる商船で公海上を航行しており、民間人しか乗っていないので、攻撃も拿捕もしないというのだ。

確かに日本海軍も、赤ん坊も多いこの船を拿捕しても持てあますだけだろうし、また攻撃でもすれば、赤ん坊殺しと宣伝に使われかねない。

それなら、騎士道精神で婦女子は見逃すほうが有利であるとでも判断したのかもしれない。むろん、純粋にこの海軍将校が紳士なのかもしれないが。

信じられない状況で、貨物船アンバーは航行を再開する。マチス船長は臨検部隊の指揮官に秘蔵のブランデーを渡した。なんとなく、そうするのがふさわしい気がしたためだ。

ブランデーを一度は固辞した将校は、最後には嬉しそうにそれを受け取った。

「無事な航海を」

彼はそう言って軽巡洋艦に戻っていった。このエピソードが、美談として世間に紹介されるのは戦後のことである。

3

　貨物船アンバーの美談はあったにせよ、ポートモレスビーの市民や軍人たちにとって、貨物船の脱出は自分たちの退路が断たれるのと同じであった。

　それでも現地軍は、まだポートモレスビーの放棄を考えていなかった。

　状況から、日本軍がポートモレスビーの上陸を計画しているのは明らかだろう。そうした意図がなければ、対空火器でもない小島の砲台を執拗に破壊したりしない。

　無線局が破壊され、通信はかなり困難だった。哨戒艇の通信装置でかろうじて連絡を取る有様だ。

　それでも状況は司令部に届いていると彼らは考えていたし、実際に届いている。ただその反応は、彼らが期待した増援ではなかっただけだ。

　しかし、現地部隊は増援があることを疑わなかった。なぜなら、オーストラリアの戦略にとってポートモレスビーの維持は不可欠であるからだ。

　増援についての連絡は届かなかったが、そもそも通信事情がよくないのだから、それは仕方がない。

　軍司令官はポートモレスビーの婦女子を安全な場所に避難させ、日本軍が来るであろう港周辺の防衛を固めた。

　砲台は破壊されたが残骸はある。迫撃砲や機関銃がそこに運び込まれ、さらに哨戒艇が砲座としてそこに移動する。哨戒艇の主砲など七〇ミリ程度だが、それでも上陸用舟艇には大きな脅威となるだろう。

とはいえ、兵士たちはこれがつらい戦いになることを覚悟していた。制空権はなく、市街戦のようなことは想定してもいなかった。だから、野砲の類いはほとんどなかった。航空基地に防衛を依存していたことが、ここで裏目に出たことになる。

敵機に備えて蛸壺《たこつぼ》には入っているが、基本的に対空戦闘は行わない。というより行えない。下手に反撃すれば叩き潰される。

それよりも上陸部隊に集中する。戦力に限界がある以上、ほかに手はない。小銃で敵兵に反撃できるが、敵機を撃墜するのは奇跡に近い。

ポートモレスビーの指揮所は建物前に一二・七ミリ機銃座と土嚢が積まれただけで、大きな変化はない。地下の指揮所はないし、地下室で代替してもあまり意味はないだろう。ここはもう運命共同体だ。

「二四時間だ。二四時間もちこたえれば、友軍が来る！」

指揮官は守備につく全将兵に、そう告げた。その根拠はなかった。そうした連絡を彼は受けていない。

しかし、ポートモレスビーの重要性を考えるなら、増援は二四時間以内に来るはずだ。ほかに考えられないではないか？

そうしている間に、ついに日本艦隊が来た。重巡と軽巡、それに駆逐艦が多数だ。上陸部隊はその後ろらしい。そして、攻撃が始まった。

4

最初の攻撃は、重巡洋艦筑摩の砲撃から始まった。観測機を飛ばし、砲台があった小島を徹底的に攻撃する。ここを完全に破壊しなければ、上陸部隊の安全は保証できない。

航空隊により破壊されているのは見ればわかったが、小口径砲が残っている可能性もある。そうした懸念は払拭しておきたい。

もともと環礁であるその小島はコンクリートなどで補強されているが、すでに爆撃を受けており、さらに二〇センチ砲の攻撃にさらされ、弾着ごとに破片が吹き飛んでいく。

筑摩からはわからなかったが、砲撃により小島に潜んでいたオーストラリア軍の将兵は貴重な迫撃砲を失い、反撃することもできない状況だった。

さらに、観測機により哨戒艇へと砲撃の中心が移動する。さすがに哨戒艇のような小さな艦艇を撃破するのは難しかったが、ついに命中弾が一発出た。

装甲など何もない哨戒艇にとって、その砲撃が致命傷となる。轟沈には至らなかったが、哨戒艇は炎上しながら操舵不能となり、座礁してしまった。

それから砲撃は敵兵が潜んでいそうな場所に移ったが、その砲撃は短時間で終わった。

ポートモレスビーの完全破壊が目的ではなく、占領が目的だ。だから、必要以上に都市部を破壊できない。特に港湾設備は、この後の補給に重要な意味を持つ。

陸軍の一木支隊に先立ち上陸の先陣を切ったのは、海軍陸戦隊だった。陸戦隊が持つ六両の特二式内火艇という水陸両用戦車が、貨物船から降ろされ、陸軍部隊に先んじて前進を始めていた。

小島の砲台が沈黙したことを確認し、六両の水陸両用戦車は三両一組で、二組となって上陸地点を目指す。ただ陸戦隊の歩兵は伴っていない。ここは海軍も水陸両用戦車を用いた上陸作戦に十分な経験があるわけではなかった。

そのかわり六両すべてが六人の定員のところを一〇名の乗員を乗せていた。正確には乗せると言うより詰め込むだろうが。

それでも六両合わせれば一個小隊規模にはなる。彼らは短機関銃で武装していた。市街戦では小銃よりもこちらのほうが役に立つとの認識からだ。

六両の水陸両用戦車は、海岸から上陸を試みる。オーストラリア軍の将兵も、最初はそれが何かわからなかったらしい。装甲された舟艇の類と思ったようだ。

港湾のオーストラリア兵は銃弾や機銃弾を撃ち込むが、それらは三七ミリ砲の反撃により、一つ一つ潰されていく。

そうして装甲された舟艇が、実は戦車であることがわかると、港湾を守る将兵はパニックに陥った。彼らには対戦車砲などないのだ。

それでも機関銃のいくつかは銃撃を加えるが、それらはフロートに命中するだけで、戦車本体にはかすり傷もつけられない。

ただ、戦車側も激しい銃撃に、フロートを外せないでいた。しかし、状況的にフロートをつけているほうが防御には役立った。

こうして前進する水陸両用戦車により、港湾部のオーストラリア陣地には、陸軍部隊が上陸するための突破口が開かれた。

ここからは陸軍の一木支隊に負担を負ってもらうことになる。部隊はそのまま前進を続け、いよいよ貨物船から大発が降ろされ、一木支隊の将兵がポートモレスビーへと向かって行く。

砲台があった小島は、すでに使用不能になっている。大発の一群は真っ先にその小島に向かい、それを占領した。

占領において行わなければならなかったのは、戦闘ではなく負傷者の救援だった。オーストラリア兵は重巡の砲撃により誰もが瀕死の状態であり、結局のところ、救助した半数はその日のうちに息を引き取った。

それでも一個小隊が砲台を確保したことで、上陸部隊の大発はそのまま前進することができた。

先鋒となる上陸部隊は捜索連隊のものだった。かつては騎兵部隊であったが、いまは自動車化されている。九五式軽戦車や九四式軽装甲車などの装甲車両を装備した部隊である。

九四式軽装甲車は本来、前線に弾薬を補給する車両であったが、簡便な装甲車両として歩兵師団で重宝されていた。

多くの歩兵師団ではこれを活用して装甲車隊が編成され、そのための講習会も開かれていた。そのため戦車のない歩兵部隊でも、軽装甲車は重要な戦力として育成されていたのである。

九五式戦車や九七式戦車の量産が軌道に乗るまで、日本で最大の生産数を誇っていたのが、この九四式軽装甲車だった。

ただ、歩兵部隊で大量に運用されるようになっただけに、九四式軽装甲車にはいくつもの派生形があった。大きな違いは履帯の構造と火力である。

履帯には初期型と接地面積を増やした改良型があり、火力は七・七ミリ機銃一丁だったものを、一三ミリ機銃に強化したり、三七ミリ砲を搭載したものがあった。

さらに、初期型を後期型に改造したような事例もあり、量産型のくせに多様性があった。

一木支隊が装備していたのは履帯が改良され、火力が三七ミリ砲に強化されたタイプであった。後にこの形状が整備されて九七式軽装甲車になる。

九五式軽戦車と九四式軽装甲車が上陸すると、あちこちから銃撃が加えられた。しかし、オーストラリア軍に対戦車火器はなかった。そして、日本軍の装甲車両は対戦車戦は想定していないが、こうした陣地戦には最適化されていた。

オーストラリア軍の士気は、戦車の上陸で著しく下がっていた。対戦車兵器を自分たちは持たず、日本軍には戦車があるのだ。

それでも、なお戦おうとした兵士はいた。火炎瓶を持ち、戦車に躍りかかろうとした兵士がいた。だが、戦車の周囲には歩兵がいる。彼らが火炎瓶を持ったオーストラリア兵に気がつくと、すぐに射殺された。

港で日本軍の上陸を阻止しようとしたオーストラリア軍は、まさかの戦車の投入により、易々と突破口を開けられてしまった。日本軍はその突破口を拡大し、港のオーストラリア兵を海側と呼応して包囲を完了させてしまう。

さすがにこうなれば、オーストラリア兵も降伏せざるを得ない。一時間ほどの戦闘で、一木支隊はポートモレスビーの港湾部を確保することに成功した。

この瞬間からポートモレスビーの守備隊は外部からの補給手段を失ったことになる。

部隊はそのまま市街に突入したが、オーストラリア軍も民間人の犠牲を恐れたのか、市街戦という選択肢は避けたらしい。ただ市民の多くも避難しており、都市はほとんど機能していなかった。ポートモレスビー市街は、ほぼ一木支隊が無傷で占領した格好だ。

進軍は順調に思えたが、一木大佐は楽観していない。敵の航空基地はポートモレスビー市街の郊外にある。敵軍は、そこに最終防衛線を用意しているだろう。

そこでの戦闘が長期化すれば、自分たちにとっても状況は厳しくなる。いまは市街戦を避けられたが、ここで市街戦にまでもつれこめば、勝ったとしても自分たちが占領するのは単なる廃墟だ。

ここは日本でもなければオーストラリア本土でもない。ポートモレスビーを一歩出れば、そこにはジャングルしかない。破壊された都市を復興するのも容易ではないのだ。

ポートモレスビーには港から基地までの鉄道があったが、いまは破壊されて使えない。

一木支隊は、ポートモレスビー市街を確保する部隊と敵の拠点に向かう部隊に分かれる。後者には戦車を伴わせ、揚陸したトラックで移動する。

「大隊砲の揚陸を急がせろ」

一木大佐は命じた。空母航空隊は使えるが、円滑な連絡が取れる状況ではない。海軍側の担当者を介して連絡をつけるしかない。

問題は一木大佐自身が、海軍航空隊の実際をそれほど知らないことだった。どこで何を使うべきか、いまひとつわからない。それよりも知悉《ちしつ》している大隊砲の運用を考えたほうが合理的だ。

実際問題として、一木大佐も作戦前は、海軍との連絡は連絡窓口の将校がいれば十分だと思っていた。しかし、現実はそんなに甘くないことを痛切に感じていた。

制空権が確保されているから上空の脅威がないのはありがたいが、航空支援を円滑には受けられない。護衛船舶にしても、駆逐艦の艦砲が使えればいいのだが、これも簡単にはいかない。

一木大佐としても、巡洋艦や駆逐艦による敵陣砲撃は慎重にならざるを得ない。過去に中国軍相手の支援砲撃を海軍の砲艦に依頼した時、火力が大きすぎて友軍にも多数の死傷者が出たという報告があるからだ。

海軍と陸軍では火砲の運用について、文化レベルの認識の相違があるらしい。そもそも上陸支援の事前砲撃について、陸海軍でそれほど深い研究はされていなかった。

日華事変の事例では、砲艦は一〇センチクラスの火砲だ。海軍の基準では一〇センチというと小さな火砲だが、陸軍なら師団の砲兵連隊程度となる。

そして、自分たちを護衛してきた駆逐艦の主砲は一二・七センチ。陸軍なら軍司令部直属の野戦重砲兵連隊の水準だ。そうした使いやすさでも、彼は大隊砲に期待を寄せていたのだ。

しばらくして輜重《しちょう》兵連隊から大隊砲や迫撃砲の揚陸が完了したとの報告が入る。

「前進して夜襲の準備に入れ」

一木大佐は決心する。敵軍を撃滅するなら、今夜が山だと。

「潜水艦部隊の通信量が増えているだと？」

情報収集艦日向の桑原司令官は、その報告に困惑した。

ポートモレスビー攻撃により連合国軍の通信量が急増するのは予想していたことでもあり、情報収集の点では期待していた通りでもある。

戦艦日向の敵信班も分析を行ったが、結論が信じがたいので連合艦隊司令部の敵信班に信号を圧縮した後に送った。そして、連合艦隊司令部の分析も日向のそれと同じだった。

「はい、潜水艦部隊です。符号に間違いありません。返信は複数の海域から分散して届いています。米太平洋艦隊が潜水艦部隊に現在位置を呼びかけて報告した。暗号文の内容は解読できていませんが、状況からそう解釈できます」

米海軍が潜水艦部隊に集結を呼びかけるのは、状況から考えて不思議ではない。ポートモレスビーへの補給路を潜水艦で寸断しようとでもいうのだろう。それは教科書通りとも言える采配だ。

しかし、桑原司令官には理解できない点が二つあった。一つは、潜水艦による補給路の寸断は戦術としては理解できる。だがそれは、前提として日本軍がポートモレスビーを保持している時にだけ意味のある作戦だ。

つまり、潜水艦により補給路を遮断するとすれば、オーストラリア軍はポートモレスビーをすでに放棄することを決めたことになる。

もちろん、空母部隊を攻撃するのに潜水艦部隊を集結させた可能性もなくはないが、いまからでは速度面と配置からして現実的とは思えない。

もう一つの疑問は、最初の疑問とも関わるが、航空隊関係の通信がほとんど傍受されないことだった。日本軍に航空基地を破壊され、空母もあるらしいとなれば、敵の航空隊が動かねばおかしい。

しかし、皆無ではないものの連合国軍航空隊の動きは鈍い。部隊の符号によると偵察部隊の一部は動いているようだが、積極的に攻撃に出ようという動きがない。

これらを合わせると、連合国軍はポートモレスビーの放棄を決定し、そのために航空隊は出さず、補給路の遮断を準備しているとしか思えない。

それを裏づけるように、水上艦艇部隊に対しても動員する様子がないという。

「もう一つ、気になる動きが」

敵信班の班長が続ける。

「どんな動きだ?」

「ソロモン諸島で敵がなんらかの活動をしているようです」

「ソロモンというと、先日のツラギの攻撃部隊か」

「それとも無関係とは思えませんが、未知の部隊の符号が確認されています」

「未知とは？」

「それがわかりません。新たに編成された部隊と思われますが、正体はわかりません」

桑原はふと、ある可能性に思い至る。

「敵がポートモレスビーを放棄した理由は、この新編された部隊と関係があるのか」

「というと？」

「よくはわからんが、ツラギのような取るに足らない基地を攻撃しながら、どうしてポートモレスビーにはここまで消極的な対応しかしないのか」

桑原司令官は海図台に歩み寄る。

日向はおおむねムンダとブナ地区の中間地点から一〇〇キロほど南下した海域にいた。この布陣はポートモレスビーと北オーストラリアの通信傍受を意図しつつ、自分たちの安全も考慮したものだ。

そうして情報収集をしているが、連合国軍の動きはどうにも消極的すぎる印象を桑原は抱いていた。

もっとも、ミッドウェー以降の主戦場がこの方面になるであろうことは、敵にとっても味方にとっても、ある意味で自明のことだ。

その状況で、ポートモレスビーの重要性は明らかだ。それに対して日本軍は徹底した情報隠蔽と欺瞞情報により、ポートモレスビーへの奇襲攻撃を成功させた。

ならば、ポートモレスビーからの通信やポートモレスビーに向けての通信が増大してしかるべきだが、通信量の増大は限定的だ。ただポートモレスビーからの通信に関しては、航空隊が通信施設を本格的に破壊したため、通信したくてもできないということはあるらしい。

それは商船の通信傍受の急増や暗号化されていない通信の解読から推測がつく。また、部隊の通信は艦艇用の通信装置であり、陸上基地用の無線機ではなかった。

通信量が少ないのは、艦艇の無線装置の数が足りないことが主たる要因と思われた。

しかし、ポートモレスビー側の事情がそうだとしても、太平洋艦隊やオーストラリア軍の通信量がそれほど増えないというのは理解しがたい。

さらに、ポートモレスビーへの通信量の変化も、ある時点から急減する。どうもポートモレスビーが空母部隊の襲撃を受け、航空隊が全滅したことが明らかになったあたりから、通信量の減少が見られた。

そこから考えられるのは、連合国軍の司令部はポートモレスビーの惨状を早々に把握し、それに対する増援を諦めたのではないか?

仮に桑原の推測が正しいとして、問題は、どうして連合国軍の司令部はポートモレスビーの放棄を簡単に決断できたのかである。

客観的に見て、ポートモレスビーよりも戦略的価値の低いミッドウェー島でさえ、連合国軍はあれだけの粘りで島の防衛を考えた。それを考えるなら、ポートモレスビーへの対応はあまりにも不自然だ。

考えられるのは、彼らの戦略の中でポートモレスピーの存在価値が相対的に低くなっている場合だ。彼らが現在進めている作戦が成功したならば、ポートモレスビーの失陥もさほど大きな影響とはならない。

そうであるなら、増援などせず、さっさと兵力を撤退させ、ここは先に備えて戦力の温存を図るべきだろう。

さすがに桑原司令官もそこまでの推測はできたものの、敵の戦略なるものの概要まではわからない。

しかし、重要度という観点で考えるなら、最終目標だけは推測がついた。

「ラバウルを陥落させ、その余勢をかってトラック島を占領する。ラバウルこそが太平洋の要だ！」

6

桑原司令官の収集した情報と彼の見解は、連合艦隊と第四艦隊の両司令部に送られた。

井上第四艦隊司令長官は、桑原司令官の分析には特にコメントしなかった。否定する材料も肯定する材料も乏しいからだ。

それに、確かに連合国軍にとってラバウルが最大の障害物なのはわかるものの、いまの彼らにラバウルを正面から攻撃して勝てるだけの戦力があるかはきわめて疑問だ。

航空要塞であるラバウルを攻撃するには、それに伍《ご》するだけの航空戦力が最低でも必要だ。ポートモレスビーも失陥目前という状況では、基地航空隊は使えない。

そうなれば艦隊戦であるが、ならば複数の空母は不可欠で、それがなければ敵艦隊は航空攻撃で撃破されてしまうだろう。

しかし、米太平洋艦隊が虎の子の空母二隻をラバウルにぶつけてくるとは考えにくい。米空母が現れるとなれば、第一航空艦隊の空母八隻がやってくるのは明らかだ。

だから、当面のラバウル攻撃はないだろう。ただ、桑原司令官が指摘したソロモン方面でのなんらかの策動とポートモレスビー方面の無線通信量の少なさには確かに不自然なものを感じていた。

「ツラギ周辺の敵の動きを再度調査すべきだな」

井上は決断した。

「それでは、すぐに偵察機を出しますか」

そう提案する参謀長に対して井上は言う。

「いや、飛行艇だと敵の電探に捕捉される恐れがある。潜水艦を使え。近くに伊号潜水艦がいたはずだ」

こうして潜水艦に命令が出た。

「それと参謀長、敵が動いていないというのが事実なら、これを利用しない手はない」

井上はなすべきことを指示した。

7

最初の夜襲は失敗に終わった。正確には、夜襲前の威力偵察に出した軽機関銃分隊が全滅するという結果に終わったということだ。

正直、敵は装備も貧弱で、今夜の夜襲でけりがつくと一木大佐は考えていた。

だが、大間違いだった。滑走路周辺に防衛線を張ったオーストラリア軍は、そこで驚くべき粘りを見せた。

まず火力が予想以上に強力だった。地上破壊した航空機に搭載されていた銃火器を取り外し、使えるものを掩体の上などに設置していたのだ。

飛行機の支援施設が整っていただけに、それが破壊されても機銃座に使える掩体はいくつもあった。掩体そのものが飛行機を効率よく運び出すことと、効率的に配置することを意図していたため、そこに作られた機銃座には死角がなかった。

機銃座しかなかったが、機銃座だけは十分に作られていたのである。

さらに厄介なことに、手製地雷も敷設されていた。しかも、それはきわめて極悪な代物だった。

地面に一〇〇〇ポンド爆弾や五〇〇ポンド爆弾が無造作に置かれていた。おそらくは誘爆を免れた爆弾なのであろう。

それらの爆弾は日本兵の目につくところに置かれていたが、同時に誰にもわかるように電線も接続されていた。日本兵がそこに接近したら、爆弾を起爆し、領域ごと吹き飛ばす。

そんなものを爆発させればオーストラリア軍も無事ではすまないはずだが、彼らは基地を守るためならそれぐらい平気だったのだ。それだけ追い詰められていたということでもある。

ここで再び海軍陸戦隊の水陸両用戦車が投入されることとなった。上陸時に六両あった水陸両用戦車は、すでに四両になっていた。一両は火炎瓶攻撃で撃破され、もう一両は高射砲と刺し違えるように撃破された。

　海軍陸戦隊にとって想定外だったのは、歩兵と戦車の共闘に十分な経験が積まれていないという事実だった。

　火炎瓶による攻撃は、歩兵が十分に戦車の周辺警備ができていなかったことが大きい。高射砲についても、飛行場という開けた場所での歩兵の情報を戦車が把握できなかった結果であった。

　この反動で、陸戦隊は水陸両用戦車の運用に及び腰になる局面も生じていた。しかし、ここでオーストラリア軍の防御陣を前に、戦車が遊兵化するのは許されない空気が生まれていたのである。

　そこで四両の水陸両用戦車が、オーストラリア軍の陣地に横一列で突進していった。しかし、彼らはそこで爆弾による地雷の反撃を受けることになる。

　まずオーストラリア軍は埋設した爆弾に突進して来る戦車を認めた。戦車からその爆弾は見えなかったためだ。

　オーストラリア軍の守備隊は、戦車が爆弾を乗り越えたタイミングでそれを起爆する。大音響とともに、水陸両用戦車は吹き飛んでしまった。

　残り三両はこのことに驚き、やっと歩兵との連携で爆弾を避けようとした。しかし、それはあまり意味がなかった。一〇〇〇ポンド爆弾の破壊力では、戦車を粉砕できないとしても、作動不能にはできるからだ。事実、残りの三両は、数発の爆弾が起爆したことで、その破片を受けて撃破される。

こうして海軍陸戦隊の戦車戦力は全滅し、攻略の主役は陸軍へと移った。そして、まず威力偵察を行うべく小隊が送られた。

威力偵察を行おうとした小隊は、そうした爆弾による地雷を避けるべく敵陣に接近した。

ハリネズミのような機銃座がないことに、兵士たちは安堵していた。しかし、それは心理的なトリックだった。一〇丁の機関銃が真正面に並んでいれば、ただ一丁の機関銃は手薄に見える。

だがそれはそう見えるだけで、機銃座を攻略する点では安心していいわけではない。

彼らは威力偵察のつもりで、軽機関銃分隊ごと前進した。しかし、目立つ一二・七ミリ機銃とは別に、目立たない一二・七ミリ機銃座があった。それらは歩兵の進入路に対して左右両翼から斜め方向に銃撃を加える位置にあった。

一分とたたないうちに左右両翼から機銃掃射を浴びて、軽機関銃分隊は全滅した。文字通りの全滅だ。生存者はいない。

分隊といえども全滅した部隊があるという報告に、一木大佐の楽観的な気分は消えた。

彼は海軍の窓口となる将校を呼ぶと、駆逐艦による敵陣の砲撃を依頼した。これに関しては友軍を巻き込まないように入念な手配が行われ、まず砲弾を一つ撃って、諸元の正しさを確認するところから始まった。

滑走路で対峙するオーストラリア軍の将兵は、重砲弾が一発だけ弾着した時に、日本軍の本気度を見た。それは狂気じみていると彼らは思った。

いまは夜であり、こんな時に砲撃すれば同士討ちの可能性はかなり高い。なのに日本軍は砲撃を仕掛けてきた。

一度に五〇発近い一二・七センチ砲弾が降ってくる。それは飛行場で日本軍と対峙している将兵には耐えられないストレスとなった。しかし、彼らはそれに耐えねばならない。

そして砲撃が始まって一分とたたない時に、爆弾の地雷が爆発した。それが砲弾の誘爆か、あるいは起爆装置の誤作動かはわからない。

一〇〇〇ポンド爆弾と五〇〇ポンド爆弾は次々と起爆し、周辺を吹き飛ばす。日本軍の前に広範囲な突破口が開いた。

だが、一木支隊は進めない。駆逐艦からの砲弾がまだ降り注いでいるからだ。この弾幕の中では、戦車も前進できないだろう。一方でオーストラリア軍もまた、この砲弾の中で身動きが取れなかった。

そこで、オーストラリア軍はさらに戦線を下げ、戦力を整備して、第二の陣地構築をその後方で始めた。あくまでも彼らは戦うつもりである。

駆逐艦の砲撃が終わり、日本軍は再び前進する。敵軍が退却しているため、あるところまでは順調に前進ができた。しかし、それも次の滑走路で第二の防御陣地に遭遇するまでだった。戦線は再び膠着《こうちやく》した。

一木大佐にとって、この状況はどう見ても面白くない。海軍の協力まで仰ぎながら、どうして鎧《がい》袖一触《しゆういつしよく》にできないのか？　自分たちは戦車まで持参しているというのに。

ともかく一木大佐は、この夜の攻撃を中止した。

海軍の空母部隊の支援を仰ぎ、精密爆撃で一気に敵を粉砕することにしたのだ。

一木大佐がある部分で消極的なのは、敵のオーストラリア兵が思っていた以上に粘り強く、降伏してこないことに対してだった。彼らがどんな連中なのかわからないまま力押しで攻めるのは、無駄な犠牲を出すだけ。そんな気がするのである。

一木大佐には、占領後のポートモレスビーを管理する任務もある。それとて容易な任務ではなく、無駄に将兵を失うわけにはいかないのだ。

「明朝、第四艦隊から航空攻撃を仕掛けます。その結果を待っていただけないかとのことです」

海軍との連絡将校は、一木大佐にそう提案してきた。むろん、一木大佐に断る理由はない。海軍の攻撃でことがすむならそれに越したことはない。

海軍の航空隊は未明に現れた。彼らは敵軍や市民が避難している場所に大量のビラを散布していた。それらのいくつかは、日本軍陣地にも風に飛ばされて落ちてきた。

将兵は、すぐにそうしたビラを拾う。敵軍の伝《でん》単《たん》を拾うのは禁止だが、これは日本海軍のビラである。なによりニューギニアあたりの前線では、ビラでも立派な紙資源だ。

一木大佐のもとにもそのビラは届けられた。

「諸君らは見捨てられた！　諸君らを助けにくる艦隊も航空隊もない！」

それは英語で書かれたビラである。大きな見出しに続いて本文がある。見捨てられていないとしたら、いまだに艦隊も航空隊も姿を現さないのはなぜか？　そうしたことが書かれていた。

一木大佐は、海軍が伝単を撒いたことよりもその内容に驚いた。連合国軍の司令部は、ポートモレスビーを放棄しようとしている。内容はそういうことだ。

確かに敵軍の外からの攻撃はない。艦隊は時間がかかるにしても、航空隊さえ飛んでこない。

一木大佐はすぐ前線に電話を入れ、オーストラリア軍に拡声器でメッセージを送るよう伝えた。

「周辺海域に君らの友軍艦隊の姿はなく、空には連合国軍の機体なし。これ以上は無駄な戦闘だ。降伏したまえ！」

それでも半日は何もなかった。

オーストラリア軍は積極的な攻勢に出ようとはせず、日本軍と散発的な小競り合いを繰り返す。互いに無駄な戦闘を避けようとしていた。

そして正午、オーストラリア軍の陣地に白旗が掲げられ、夕刻までに武装解除が終わった。

ポートモレスビーの街は一木支隊により陥落した。

「これは戦艦というより、まさに要塞だな」

戦艦大和の高柳艦長は、修理工事も終盤を迎えた戦艦の姿にそう漏らした。

呉海軍工廠での戦艦大和の修理工事は、三交代勤務で二四時間連続して行われていた。新鋭戦艦を遊ばせる余裕がないのはもちろんだが、大和修理を行っているドックは大型軍艦用のドックであるため、ここが塞がっていると、空母などの造修工事にも遅れが生じるからだ。

「高角砲や機銃も増設されましたが、白眉となるのは高射装置です」

説明にあたる造兵中佐は言う。

「従来の高射装置は情報伝達に迅速性を欠いていたので、対空射撃指揮の編成も含め改善が行われました。応急科の組織改編と同じ文脈です」

「組織と機械の改善か」

それは高柳が大和修理にあたり、関係者と何度も話し合ったものだ。それは高柳艦長にとっても刺激的な日々であった。

それまでは燃えた部分を不燃剤に変えればすむ程度にしか認識していなかった。だが戦艦の間接防御を強化するには、機械だけでなく、乗員たちの編成や訓練が重要ということも理解できた。

「簡単に言えば、照準員が攻撃すべき敵機に望遠鏡を向けると、連動する機銃群がその敵機に対して銃弾を叩き込みます。

人間が射撃装置の指示に従い操作するものもありますが、人間は弾倉の交換のみ行い、すべて自動で照準をつけられるものもあります」

言われると、高柳の視界の中も、連装機銃ながら通常より小さなものがいくつかみえた。

「なぜ分けるんだ？」

「即応性では完全自動が有利ですが、機械的なトラブルで動かなくなる危険も伴います。人力なら自前の照門で敵を狙えます。

それと完全自動式は小型なので、人間を配置するには難しい位置につけることが可能です。弾倉交換の人間を置く場所は必要ですが、それでも自由度は広がります」

「そこまで考えられているのか」

高柳は対空機銃一つとっても、従来より改良されていることに感銘を受けていた。機械だけではない、それを最適に動かすための人員配置も改善されているのだ。

「大和を攻撃しようとする敵機は、生還は難しいかもしれんな」

「いえ、そもそも接近するまでが難事でしょう」

「なぜだね？」

「例の会議の話ですよ」

例の会議と言われ、高柳は思い出す。大和は無線通信の設備を増強するだけでなく、無線装置の分散も行われるという。そうして必要に応じて空母戦闘機隊の指揮を大和が臨時に引き継ぐというものだ。

その時は深く考えていなかったが、この対空火器の増強を見れば、すべてが符合する。

敵編隊の接近を、大和が指揮する戦闘機隊が迎撃し、第一次防衛線とする。それをくぐり抜けた少数の敵機を鉄壁の対空火器が第二次防衛線を構成し、撃破する。つまり、そういうことなのだ。

「いやはや、自分が航空機搭乗員ならば、大和だけは攻撃したくないものだな」

それは高柳艦長の本心だった。

（次巻に続く）

VICTORY NOVELS ヴィクトリー ノベルス

新生最強戦艦「大和」⑴
超弩級艦、進撃！

著　者　　林　譲治
発行人　　杉原葉子
発行所　　株式会社 電波社
〒154-0002　東京都世田谷区下馬 6-15-4
TEL. 03-3418-4620
FAX. 03-3421-7170
http://www.rc-tech.co.jp/
振　替　　00130-8-76758

印刷・製本　三松堂株式会社

ISBN978-4-86490-201-4　C0293

VICTORY NOVELS

戦記シミュレーション・シリーズ

ヴィクトリーノベルス
絶賛発売中!!

帝国電撃航空隊

1 陸海合同作戦始動！
2 航空基地争奪戦
3 珊瑚海最終決戦

島嶼基地から新型艦爆機「彗星」出撃！
米艦隊を爆撃せよ！

林　譲治

各定価：本体950円＋税

VICTORY NOVELS

戦記シミュレーション・シリーズ

ヴィクトリーノベルス 絶賛発売中!!

中国崩壊

尖閣決断の日

尖閣諸島に押し寄せる中国艦隊！
空母「いずも」猛進！

喜安幸夫
定価：本体950円＋税